Lars Gebhardt
Ein Goldfisch in der Grube

Das Buch
Wie soll man seinem Leben eine neue Richtung verleihen,
wenn man die bisherige noch nicht einmal kennt. Und wie
soll das gehen, wenn man vor allen Dingen gar nicht weiß,
wohin einen das Leben zukünftig führen soll? Solche Fragen stellt sich der Erzähler dieses Romans und bekommt
ganz unverhofft erste Antworten, als ihm durch Zufall ein
Koffer voller Kokain in die Finger kommt. Dennoch streift
er weiter ziellos durch das Nachtleben von Hamburg und
Berlin, stets auf der Suche nach einem Sinn, der sich ihm
allerdings nicht erschließen will. Dabei erlebt er so man-
ches Abenteuer zwischen Drogenrausch, Kneipendunst,
Punk Rock und unpersönlichem Sex...

Der Autor
Lars Gebhardt wurde 1973 in Unna / Westfalen geboren. Er
studierte Germanistik und Medienwissenschaften in Hamburg, wo er noch heute lebt und als Fotoredakteur arbeitet.
Seit seiner Jugend schreibt er für diverse Untergrund-Maga-
zine und war in den 90er Jahren Herausgeber und Chefre-
dakteur des "Stay Wild" Fanzines. Mit "Ein Goldfisch in
der Grube" erscheint nun sein Debüt-Roman.

Lars Gebhardt

EIN GOLDFISCH IN DER GRUBE

Erzählung

Originalausgabe
Herstellung und Verlag: BoD – Books on Demand, Nor-
derstedt
© Lars Gebhardt 2013
Umschlaggestaltung Sven Dannenberg
Fotos: Thorsten Spitz / Tim Groothuis
Bibliografische Information der Deutschen Nationalbiblio-
thek.
Die Deutsche Nationalbibliothek verzeichnet diese Publika-
tion in der Deutschen Nationalbibliografie; detaillierte bi-
bliografische Daten sind im Internet über www.dnb.de ab-
rufbar.

ISBN 978-3-7322-8267-8

Die Geschichte ist den vier Wolles gewidmet.

Und natürlich Iggy Pop.

First verse same as the first

- 1 -

Da waren wieder die Fragen. Diese Fragen, die unbarmherzig in Selbstzweifel übergingen. In der Regel blieben die Fragen in den hintersten Windungen meines Gehirns verborgen, wenn ich in dieses genügend Alkohol hatte fließen lassen. Jetzt waren sie aber wieder da und führten mir die gar jämmerliche Situation, in die ich mich in den letzten Wochen zielsicher bugsiert hatte, brutal vor Augen. So sehr ich auch versuchte, diese unangenehmen Gedanken zu verdrängen, es wollte mir einfach nicht gelingen. Und über allem schwebte, wie das verdammte Damokles Schwert, ein überdimensionales Fragenzeichen.

Wie sollte ich da nur wieder herauskommen? - Warum habe ich mich soweit aus dem Fenster gelehnt? - Warum konnte ich nicht rechtzeitig die Handbremse ziehen? -Weshalb setzte mein Verstand für einige Monate voll und ganz aus? - Woher kam der Teufel, der mich in dieser Zeit ritt? - Wohin würde mich diese Schlitterpartie auf dem Glatteis des Großstadtlebens bringen? - Wann gedachte ich, auf dem Zick-Zack-Kurs des Alltages die Weichen mal wieder auf geradeaus zu stellen?

Ich saß, wie die letzten Abende zuvor, erneut im Point One und versuchte mich am dritten Bier. Das Point One war in den letzten Wochen zu so etwas wie meinem zweiten Wohnsitz geworden. Hier fühlte ich mich wohl. In der kleinen schummerigen Kiezkneipe gleich gegenüber der Bavaria Brauerei versammelten sich Nacht für Nacht, am Wochenende mehr als an den Werktagen, zahlreiche gescheiterte Existenzen, die ihr Leben nicht in den Griff kriegten und an der

Anonymität dieser verdammten Großstadt langsam aber sicher zu Grunde gingen. Bei verhältnismäßig billigem Flaschenbier und klarem Schnaps ließen sich hier die Probleme des grauen Alltags für einige Zeit verdrängen und man konnte sich ungehemmt den Plattitüden der Szene hingeben. Das Ambiente war dementsprechend. Die spärliche Eichenholzeinrichtung wurde nur durch wenige rote Glühbirnen über den Tischen, einer abgedeckten Neonröhre hinterm Tresen und etwas Schwarzlicht vor dem Toilettenbereich erhellt. An den Wänden hingen einige Filmplakate aus den 50er und 60er Jahren, die von coolen jungen Helden, schnellen Autos und hübschen Frauen erzählten. Hinter mir grinste James Dean von der Wand, vor mir zog sich Betty Page bis auf die knappe schwarze Unterwäsche aus. Mit all dem hatten die Gäste nicht viel gemein.

Der Laden war treu des heutigen Sonntages mit drei weiteren Gästen nur äußerst spärlich besucht. Morgen gingen sie alle wieder ihrer Arbeit nach und kurierten sich von den alkohol- und drogenreichen zwei Tagen des Wochenendes aus, um am nächsten Freitag wieder alles über Bord zu werfen und sich erneut die Lichter auszuschießen. Fünf Tage in der Woche muss man sich zur Arbeit hinquälen, einer Tätigkeit nachgehen, die man eigentlich freiwillig nie verrichten würde, wenn man nicht das Geld so dringend benötigte. Und wozu? Nur um an den zwei Tagen des Wochenendes dieses Geld dafür auszugeben, seinen Körper auf dem Weg zum Rentenalter wieder ein Stück weiter kaputtzumachen. Alles wiederholt sich und wird zur Routine. Aber vielleicht ist eine solche Regelmäßigkeit im Alltag gar nicht mal so verkehrt. Bei mir lief seit Wochen nichts mehr rund. Was ich auch anfasste, es ging in die Hose. Warum muss ich zu den Typen gehören, bei denen in diesem riesigen Moloch von einer Stadt trotz intensivster Bemühungen nichts klappt? Der einzige bin ich sicher nicht, aber einer unter vielen. Doch gab ich mir wirklich genügend Mühe?

Ich grübelte darüber nach, wie es wohl den anderen Personen um mich herum gehen würde. Da war zum einen dieses Pärchen am Fenster. Soziologiestudenten im zwanzigsten Semester. Kaum zu glauben, aber es gibt auch zum Ende dieses Jahrtausends immer noch Menschen, die sich einen Friedenstauben-Button an die dunkelbraune Kordjacke stecken. Dass der Typ dazu auch noch ausgelatschte beigefarbene Schnabelschuhe trug, rundete das Gesamtbild, was ich mir von ihm machte, nur noch ab. Seine Angebetete hatte sich in ihrem knöchellangen Blümchenrock mit dazugehöriger weißer Bluse richtig herausgeputzt. Doch auch bei ihr stellte das gleiche Schuhwerk meine klischeebeladene und von Vorurteilen nur so überschwappende Welt wieder ins rechte Licht. Sie unterhielten sich, wie es bei Menschen dieses Typus Usus ist, angeregt und gestenreich, wobei das Gespräch mehr einem Monolog seinerseits glich, da er sie kaum zu Wort kommen ließ. Zum Glück drangen die Worte nicht bis zu mir durch, jedoch konnte ich mir genau vorstellen, worüber sie sich unterhielten. Wahrscheinlich malte er ihr gerade in allen Farben des Himmels die Vorzüge einer platonischen Freundschaft von Mann und Frau bis zur Eheschließung aus, im Hinterkopf aber permanent darüber nachdenkend, wie er sie später wohl noch flachlegen könnte. Ständig schielte sein Blick in Richtung ihres rechten Knies, welches derzeit nicht vom Rock verdeckt wurde. Aber nicht nur ich, sondern auch seine Gesprächspartnerin hatte diese Blicke bereits bemerkt, fühlte sich von diesen aber in keiner Form gestört, im Gegenteil, wohl eher geschmeichelt. Wie leicht man diese Ökotanten doch beeindrucken kann. Da muss man nur eine runde Brille tragen, etwas schlau daherreden können und ihr durch zwei, drei zufällige Blicke auf die richtigen Stellen symbolisieren, dass man sich auch von ihren optischen Reizen zu ihr hingezogen fühlt, schon werfen sie all ihre Prinzipien über Bord und lassen sich auch schon mal ans unrasiertes Muschihaar fassen. In unregelmäßigen zwei- bis dreiminütigen Abständen fingen beide kurz, aber intensiv an zu lachen, um wenige Augenblicke später durch einen auffälligen Lidschlag mit dazugehörigem Räuspern wieder die für sie nötige Ernsthaftigkeit anzunehmen. So gut gelaunt tranken die Beiden ein Glas Rotwein nach dem anderen und schienen derzeit nicht das geringste Problem zu haben. Prinzipielle Rotweintrinker sind mir seit je her suspekt. Nicht dass ich jemanden nach seinem Lieblingsgetränk aburteile, aber für solche Leute hat ein ordinäres Bier bereits etwas derart proletenhaftes an sich, dass sie ihren intellektuellen Stand alleine durch das Trinken von Rotwein vom üblichen Pöbel abgrenzen müssen. Wahrscheinlich wäre beiden auch eher nach einem kühlen, herben Bier zu Mute, als sich den Fusel runter zu zwingen, der einem im Point One als „trockener Roter" angedreht wird.

„Kennst du schon die neue Platte von Turbonegro", hörte ich den Kerl neben den Wirt fragen. Ich drehte mich um und sah ihn mir genauer an. Die tief eingefallenen Augen und die kränklich blasse Haut ließen stark durchzechte Nächte erahnen. Seine abgewetzte schwarze Lederjacke mit entsprechendem The-Damned-Anstecker am Kragen und die mit Klebeband zusammengehaltenen Doc Martins sorgten dafür, ihn schnell der Kategorie „gescheiterter Altpunk, der den Absprung nicht geschafft hat" zuzuordnen. Wie bemitleidenswert ich diese Verlierertypen schon immer fand. Vor fünfzehn Jahren war er wahrscheinlich eine ziemlich große Nummer in der hiesigen Punkszene, heute aber imponiert er höchstens noch sechzehnjährigen Nachwuchsrebellen damit, dass er schon so lange dabei ist. Dass er sich in dieser Zeit aber kein Stück weiterentwickelt hat und immer noch auf dem geistigen Stand von damals geblieben ist, merkt er selbst gar nicht mehr. Vor einigen Jahren dachte ich noch, Punk würde für Rebellion stehen. Und geht Rebellion nicht stets Hand in Hand mit Erneuerung? Und steht Erneuerung nicht für Innovation? Aber wo bleibt die Innovation, wenn der Typ noch immer den gleichen gequirlten Mist von damals erzählt? Hier scheint Stagnation der Weg zu sein.

Er redete und redete ohne Punkt und Komma auf den Wirt ein, den das Vorgetragene völlig kalt zu lassen schien. Für ihn schien es wichtigeres auf der Welt zu geben als die neue Platte von Turbonegro. In aller Seelenruhe wusch er seine Gläser ab und nickte hin und wieder. Andi hieß er und war eine Seele von Mensch. Seit Jahren arbeitete er nun schon in diversen Bars auf dem Kiez und hatte mit den verschiedensten Leuten sämtlicher Couleur und Gesellschaftsschicht zu tun. Er kannte sie alle, und kaum jemand konnte ihm etwas vormachen. Sein ausgemergeltes Gesicht, in dem man allerdings stets ein verschmitztes Grinsen auszumachen glaubte, verlieh ihm eine gewisse Distanz zu seiner Umwelt. Seine mit tanzenden Skeletten und lodernden Flammen tätowierten kräftigen Oberarme zeigten außerdem eindeutig, dass man bei einer körperlichen Auseinandersetzung mit Andi auf der Hut sein sollte. In der Vergangenheit hatte ich ihn bereits zwei Mal erlebt, wie er von betrunkenen Gästen im Point One dermaßen genervt war, dass er sie kurzerhand mit roher körperlicher Gewalt in ihre Grenzen verwies. Provozieren oder auf die Palme bringen sollte man ihn daher besser nicht. Ich war mir nicht sicher, ob sich der Altpunk dessen bewusst war. Dass Andi von seinen langatmigen Ausschweifungen über Turbonegro, die ja früher viel besser waren als heute, immer mehr gelangweilt war, wurde von Augenblick zu Augenblick offensichtlicher. Dennoch ließ er den Redeschwall des Altpunks über sich ergehen und machte gute Miene zu bösem Spiel. In diesem Moment war ich mir sicher, nicht der einzige Versager in dieser Stadt zu sein. Ich trank mein Bier aus, zahlte mit meinem letzten Geld die Rechnung bei Andi und verließ das Point One. Morgen würde ich bestimmt wieder hier landen.

Ich ging die Davidstraße runter und schenkte den am linkem Gehweg stehenden Nutten nicht mal einen Blick.

„Hey Süßer, wollen wir nicht ein bisschen Spaß zusammen haben?" Aus meiner Lethargie gerissen blieb ich stehen und schaute mir die Dame an. Jung war sie, sehr jung. Vielleicht 18 oder 19 Jahre alt. Ihr mädchenhaftes Gesicht und die zwei blonden Zöpfe, die rechts und links vom Kopf herunterbaumelten, gaben ihr ein eher kindliches und dadurch leicht naives Aussehen. Dank Britney Spears schien sich dieser Frauentyp wieder zunehmender Beliebtheit zu erfreuen. Ihre langen, schlanken Beine steckten bis weit übers Knie in Lederstiefeln und was sie weiter oben als Rock trug, würde besser unter dem Etikett Gürtel durchgehen. Die pinkfarbene Bluse war fast bis zum Bauchnabel aufgeknöpft und ließ mehr von ihrer für ihr Alter sehr üppigen Oberweite erkennen, als sie verdeckte.

„Mach dein Hemd zu und geh zurück zu Mami nach Hause", knurrte ich.
„Du versoffener Arsch, verpiss dich!" Sie spuckte in meine Richtung, traf mich jedoch nicht.
„Lern im nächsten Leben mal was Ordentliches, dann musst du solchen Typen wie mir nicht den Arsch hinhalten", brummelte ich und ging weiter, während die junge Nutte noch hinter mir her pöbelte.

„Halt bloß das Maul. Guck dich mal an. So ein Arschloch wie du muss auch noch lehrerhaft daherlabern. Weißt du, was du bist? - Ein blöder, klugscheißender, versoffener Wichser! Hau bloß ab!"

Auf dem Hans-Albers-Platz setzte ich mich auf einen Stromkasten, zündete mir meine letzte Zigarette an und starrte vor mich hin.

Wie ich denn aussehen würde, rief mir die Nutte hinterher. Das gab mir zu denken. Wie sah ich denn aus? Als Teenager stand mir die Rolle des jungen Rebellen mit Witz und Charme recht gut zu Gesicht. Zumindest ließen sich immer wieder genügend Mädchen, wenn auch meistens nur für einen Abend, davon imponieren. Die Lederjacke erfüllte also ihren Zweck. Doch inzwischen ist sie mir ein bisschen kurz an den Ärmeln geworden. Und schwarz erscheint sie mir auch nicht mehr. Eher grau. Meine Turnschuhe gaben mir in der Schule noch einen sportlichen Anstrich. Jetzt gaben mir die durchgelaufenen Dinger eher den eines Hungerleiders. Und während ich mich so betrachtete und mein optisches Erscheinungsbild in Frage stellte, musste ich mir eingestehen, dass man sich trotz ständiger Geldknappheit im Portemonnaie hin und wieder ein neues T-Shirt zulegen kann. Dann müsste ich nicht an einem Sonntag in meinem bereits zweimal geflickten und dennoch durchlöcherten Ramones-Hemd ausgehen. Warum also klammerte ich mich daran so fest? Des guten Aussehens wegen sicherlich nicht, denn davon hatte es nichts mehr oder ließ es zumindest nicht mehr erkennen.

Warum hatte ich mich in den letzten drei Monaten nur so gehen lassen? Als ich Anfang des Jahres meine Stelle bei dieser Plattenfirma verlor, weil ich ständig krankfeierte, war mir das egal. Jetzt konnte das Leben für mich ja erst richtig losgehen. Ein wenig Geld hatte ich ja auch noch auf der Bank und dazu Leute in meinem Bekanntenkreis, welche die gleichen Prioritäten im Leben setzten wie ich. Jeden Abend hatten wir uns getroffen und systematisch einen zur Brust genommen. Wir tranken Bier und Schnaps in Unmengen und fingen an, ständig die Nase über große Kokainberge zu halten. Dermaßen aufgepeppt fühlten wir uns jeden Abend wie die Könige. Keiner konnte uns was, und wir hatten selten ein anderes Thema als uns selber zu feiern. Bis weit in den nächsten Morgen war es dann immer gegangen und regelmäßig erlitt ich einen klassischen Filmriss. Mit der Zeit wurde dieses Spiel zur Gewohnheit. Ich wachte schwer verkatert am frühen Nachmittag auf und dachte nur daran, wie und wo wir uns am Abend wieder treffen würden. Spätestens dann würde auch der Kater verschwunden sein.

Der permanente Kokainkonsum hatte auch stark an meiner physischen Verfassung genagt. Ich fühlte mich jeden Tag hundeelend und schaffte es kaum noch, ohne ein paar Biere und bestenfalls das restliche Kokain der Vornacht auf die Beine zu kommen. Über das Finanzielle machte ich mir kaum Gedanken, denn irgendwie war permanent für Drogen und Alkohol gesorgt. Und ansonsten fand ich auch immer noch jemanden, der mir Geld lieh. Da ich in diesen Augenblicken bereits zum großen Adlerflug durch Hamburgs Nachtleben abgehoben hatte, machte ich mir auch nie Gedanken darüber, wie ich das alles wieder zurückzahlen sollte.

Aber bereits meine Mutter sagte damals schon zu mir, als ich noch klein war, ich sei nicht auf den Kopf gefallen und könnte, wenn ich nur wollte, etwas ganz tolles aus mir machen. Das haftete mir fast mein Leben lang an. Mit meinen Fähigkeiten stünden mir doch alle Wege offen. Und mit genügender Intelligenz sei ich ja auch - dem Herrgott sei Dank - gesegnet worden. Also hätte man früher diese Möglichkeiten alle gehabt.

Mein Problem war jedoch, dass ich keine Ahnung hatte, was am Leben toll sein sollte. Mich reizte weder das idyllische Familienglück im trauten Eigenheim inklusive Einbauküche, Fußbodenheizung und lächelnder Ehefrau, noch wollte ich ein Aussteigerdasein auf einer Neuseeländischen Emuzuchtfarm führen. Und Wege dazwischen taten sich mir nicht auf. Zumindest keine, die einen Reiz auf mich ausüben konnten. Berufliche Karriere kam bislang gar nicht in Frage, privates Glück fand ich besser beim Feiern mit den vermeintlichen Freunden, als in Zweisamkeit mit der noch vermeintlicheren großen Liebe. Diese bürgerliche Alternative der Lebensführung erschien mir, je öfter ich darüber nachdachte, immer unattraktiver.

Im Grunde genommen jedoch dachte ich nur selten in meinem Leben darüber nach, etwas Tolles aus mir zu machen. Das Amüsement, die Frauen und vor allem der Alkohol und die Drogen hatten stets erste Priorität. Schon mit Einsetzen der Pubertät, mit ersten Pickeln und feuchten Bettlaken, fand ich Gefallen daran, mich betrunken daneben zu benehmen. So wurden die ersten Schulpartys im Bierrausch verlebt und nicht selten endeten sie kopfüber in der Toilette. Auch später, als ich es nicht scheute, für mein Wochenendvergnügen halbe Weltreisen in Kauf zu nehmen, war König Alkohol stets ein guter Weggefährte. Und so zog sich diese beliebteste aller Drogen bi heute wie ein roter Faden durch mein weiteres Leben.

Ich erinnerte mich an meine damaligen Seminare während der Ausbildung zum Bankkaufmann, wo mich selbige stets nicht im geringsten interessierten. Aber dort war ich für eine Woche in einer anderen Stadt, in einem anonymen Hotel mit mir gänzlich unbekannten Leuten. Hier konnte ich mich ausleben und später sah ich keines dieser austauschbaren Gesichter wieder. Mit vier verschiedenen Frauen auf drei Seminaren hatte ich Affären und war insgeheim auch mächtig stolz auf diese Quote. Bei einem Seminar zum Thema „Inner- und außerbetrieblicher Datenschutz" in Dortmund gelang es mir, die mit weitem Vorsprung attraktivste Seminarteilnehmerin für meine Qualitäten als Mann zu begeistern. Ihr Name war Manu und sie stammte aus Nürnberg. Ihre in wunderbare Proportionen eingefassten Einmetersiebzig wurden durch ein dermaßen hübsches Gesicht abgerundet, dass ich mich gar nicht an ihr satt sehen konnte. Wenn sie mich anlächelte, schmolz ich regelmäßig dahin. So störte mich auch nicht ihr übertriebener fränkischer Dialekt, der mir unter normalen Umständen nach wenigen Sätzen aus ihrem Mund, gehörig auf die Nerven gegangen wäre. Doch ich war nicht mehr ganz ich selbst und lauschte ehrfürchtig ihrem manchmal kaum verständlichen Gebrabbel. Am zweiten Abend der Seminarwoche war ich mit anderen Teilnehmern in einer hotelnahen Kneipe. Darunter war auch Manu. Wir tranken alle ein paar Biere, ich rauchte draußen mit Manu einen kleinen Joint und wir kamen uns näher. Irgendwann zu fortgeschrittener Stunde flirtete ich wild mit ihr, und wenig später standen wir fest in einander verbissen vor den Toiletten. Doch bevor wir den Akt gleich hier an Ort und Stelle vollzogen, überzeugte mich Manu, doch lieber in ihr Hotelzimmer zu entschwinden. Gesagt, Zeche bezahlt und getan. Kaum in ihrem Zimmer angekommen, rissen wir uns die Kleider vom Leib und fielen übereinander her. Sie hatte eine phantastische Figur, wusste was sie wollte und raubte mir den letzten Verstand. Erst in den frühen Morgenstunden fielen wir erschöpft nebeneinander in den Schlaf. Es war eine meiner aufregendsten Nächte. Am nächsten Tag fühlte ich mich trotz völliger Übermüdung während des Seminars wie auf dem Dach der Welt. Als ich sie am nächsten Abend auch noch bei einem Konzert in der Live-Station Arm in Arm einigen alten Freunden aus Dortmund, mit denen ich dort verabredet war, als neue Eroberung präsentierte, hatte ich auch ohne Drogen das Gefühl der König für eine Nacht zu sein. Danach hatten wir noch zwei weitere gemeinsame Nächte, bevor das Seminar zu Ende ging. Sie fuhr nach Nürnberg, ich nach Hamburg. Wir sahen uns nie wieder.

„Haste nicht mal ein paar Groschen für mich?", riss mich ein an mir vorbeischlendernder Berber aus meinen Gedanken. Er roch nach billigem Fusel und sah aus, als hätte er in den über vierzig Jahren seines Erdendaseins noch nie eine Badewanne gesehen. In seinem ungepflegten Bart hingen diverse undefinierbare Brocken, die auf eine äußerst ungewöhnliche Ernährung schließen ließen. Er tat mir leid, rief aber dennoch kein Mitleid in mir hervor. Außerdem sah meine Finanzlage wahrscheinlich genauso erbärmlich aus wie die seine.

„Schon mal einem nackten Neger in die Tasche gefasst", fragte ich ihn gleichgültig. Er ließ mich links liegen und führte seinen ziellosen Weg durch Hamburgs Gassen weiter fort. Ich schaute ihm nach, und meine Wehmut wuchs. So wollte ich nicht enden. Welche Ziele und Ideale hatte er wohl früher gehabt? Hatte er sie immer noch? Oder interessierten Ideale ihn überhaupt nicht mehr?

Über fünftausend Mark Schulden hatten sich in den letzten Monaten angesammelt, die Miete stand im Rückstand und sämtliche Konten waren bis zum äußersten Limit ausgeschöpft. Jetzt sollte ich bis zum Ende der Woche einen Großteil des Geldes zurückzahlen, um großem Ärger aus dem Wege zu gehen. Warum habe ich mich auch mit solchen Leuten eingelassen? Mit denen ist, vor allem wenn es um Geld geht, nicht zu spaßen. Da mein ganzes Arbeitslosengeld, und das war nicht gerade viel, für den täglichen Nebel im Gehirn ausgegeben wurde, versäumte ich es, meine Rechnungen zu bezahlen und man drohte mir, den Strom abzustellen, das Konto zu sperren und mich vor die Tür zu setzen. Um diese Rechnungen vorerst vom Tisch zu haben, lieh ich mir dreitausend Mark von Tribi und Jensen, und beglich sie. Ein Fehler, den ich mir nur schwer werde verzeihen können, denn nun ging es an die Rückzahlung.

Ich wollte unbedingt die Zahlungsfrist einhalten, denn offene Kredite bei diesen Totschlägern sind etwas noch Unangenehmeres als Wett- und Spielschulden bei entsprechenden Geschäften und Banken. Diese Frist endete jetzt aber am kommenden Freitag. Doch wie sollte ich das Geld nur beschaffen? Das wiederum wäre Tribi und Jensen wohl egal. Wie und woher sie an Geld kommen, interessiert sie nicht. Hauptsache sie bekommen es.

Da ich mir sicher war, heute Nacht in meinem verschleierten Hirn keine Lösung mehr erarbeiten zu können, verdrängte ich diese Sorge wieder. So tat ich es immer, in der Hoffnung am nächsten Tag die zündende Idee zu haben. Nur würde sich bis dahin nichts geändert haben. Ich schob das Problem so nur wieder einen Tag weiter hinaus.

Langsam setzte ich meinen Weg weiter in Richtung Bushaltestelle fort, wo mich in wenigen Minuten der letzte Nachtexpress nach Hause fahren sollte. Dort angekommen warteten bereits einige Figuren des Nachtlebens auf den Bus. Drei Halbwüchsige stammelten völlig unverständlich durcheinander. Keiner schien den anderen anzuhören oder überhaupt wahrzunehmen. Ich vermutete, dass ihr samstagnächtlicher Streifzug durch diverse Techno-Tempel der Stadt erst jetzt sein Ende fand. Mit ausreichend Ecstasy versorgt

18

ließ sich das problemlos bewerkstelligen. Plötzlich stolperte der eine von ihnen und fiel auf seinen viel zu tief hängenden Hosenboden. Ein verdutzter Blick und sein gesamter Mageninhalt der letzten Stunden übergoss seine gesamte Garderobe. Seine Weggefährten schien das nicht weiter zu kümmern, denn diese glucksten und gackerten nur vor sich hin und ließen ihren Freund ansonsten sitzen. Ich befürchtete schon, die drei gleich im Bus vor, hinter und neben mir sitzen zu haben, als der gerade noch gefallene lauthals verkündete:

„Jetzt geht's mir wieder gut. Lasst uns also noch einen nehmen, bevor wir fahren!" Die beiden anderen halfen ihm auf und gemeinsam schwankten sie davon. Dieser Idee schloss ich mich an und kaufte an der Nachttankstelle noch drei Dosen Bier für den Heimweg. Kurz darauf kam endlich mein Bus.

2

Montagmittag, das Aufstehen fiel mir so schwer wie jeden Tag. Ich versuchte meine Gedanken zu sortieren, real erlebtes von geträumtem zu differenzieren und den Kopf wieder klar zu kriegen. Ich erkannte mein eigenes Bett und schlussfolgerte daraus, es gestern Nacht also noch heim geschafft zu haben. Bloß wie? Nach wenigen Minuten und einer halben Flasche Wasser gelang es mir, den vorherigen Abend zu rekonstruieren, zumindest den grob abgesteckten Rahmen. Kaum war der Kopf einigermaßen sortiert, merkte ich mal wieder, dass im restlichen zu mir gehörenden Körper einiges im Argen lag. Mein Magen verkrampfte sich in regelmäßigen Abständen fürchterlich, mein rechter Arm schmerzte vom Handgelenk bis bald zur Schulter rauf und mein linkes Knie zeigte deutlich eine große, blutverschmierte Schürfwunde kurz oberhalb des Schienbeines. Große Verwunderung rief dieser ramponierte Zustand jedoch nicht bei mir hervor, denn es war in letzter Zeit schon bald zur Routine geworden, dass ich mich im Vollrausch mal mehr, mal weniger selbst verstümmelte. Ob nun freiwillig oder nicht, spielte eigentlich keine Rolle, genauso wenig wie die Tatsache, dass ich mich am nächsten Tag auch gar nicht mehr erinnern konnte, wie es geschah. Aber großartig besorgt darüber war ich nie. Wahrscheinlich war ich nur auf dem Weg nach Hause gestolpert und unglücklich gefallen, redete ich mir dann ein. Gefährlichere Verletzungen hatte ich bis dato ja auch noch nie davongetragen. Betrunkene haben einen guten Schutzengel, sagt man, und daran glaubte ich auch. Mir fielen die bis zum Ende der Woche zu zahlenden Schulden wieder ein. Das war etwas, was mir weit größeren Kummer bereitete. Mir wurde es in der Magengegend noch mulmiger.

Wie konnte ich nur dem Irrglauben verfallen, ein Schuldenberg bei Tribi und Jensen sei überschaubarer und daher leichter abzuzahlen, als offene Rechnungen bei der Bank, dem Vermieter oder den E-Werken? Banken, Vermieter und E-Werke schicken dir zuerst Mahnungen, drohen dann mit Zwangsvollstreckungen und geben Dir vor allem immer wieder eine neue Zahlungsfrist. Tribis und Jensens hacken einem die Finger ab und geben dir darauf hin nur eine Fristverlängerung, die du auch einhalten solltest. Ansonsten kannst du dir die neue Elbvertiefung direkt mal vor Ort anschauen. Vor ein paar Wochen habe ich noch mitbekommen, wie sie einen Junkie in die Mangel genommen hatten, der ihnen fünfhundert Mark schuldete. Bei mir waren es dreitausend. Der Junkie konnte danach zehn Tage nichts Festes zu sich nehmen. Mir wurde schwindelig bei dem Gedanken daran, was sie mit mir anstellen würden. Doch den Junkie mochten die beiden nicht. Er war in ihren Augen Abschaum. Mit dem konnten sie so umgehen. Ich jedoch bildete mir ein, nur aufgrund einiger gemeinsam getrunkener Biere, mit Samthandschuhen angefasst zu werden. Je näher der Zahltag nun aber kam, desto unsicherer wurde ich mir.

Die beiden verdienten ihr Geld mit kleinen bis mittelgroßen Dealergeschäften und an den üppigen Zinsen für großzügig vergebene Kredite. Auf diese Zinsen hatten sie bei mir dank einiger gemeinsamer Bekannter schon verzichtet. Doch eben deswegen würden sie erst recht auf einer pünktlichen Rückzahlung bestehen. Bisher war ich froh darüber, Typen wie diesen beiden eher freundschaftlich gesinnt zu sein, vor allen Dingen sie auch mir. Tribi und Jensen stammten beide ursprünglich aus der niedersächsischen Provinz, lebten aber schon seit vielen Jahren in St. Pauli und traten seitdem nur gemeinsam auf. Sie trugen stets die angesagtesten Szeneklamotten und gaben sich stets galant und kumpelhaft. Lief aber etwas gegen ihren Strich, dann zeigten sie sich eiskalt und skrupellos. Zum Feind mochte ich Tribi und Jensen nun absolut nicht haben. Nur leider sah es im Moment so aus, als würde ich sie mir gerade zu eben solchen machen. Dies galt es zu verhindern. Heute würde ich anfangen, mich um die Beschaffung der dreitausend Mark zu kümmern.

Ich wohnte in der Dachwohnung eines Hochhauses im Hamburger Stadtteil Wandsbek, welcher zwar nach Einwohnerzahlen der größte, nach Unterhaltungs- und Freizeitmöglichkeiten jedoch einer der kleinsten der Stadt war. Die Möglichkeiten, die sich einem hier boten, waren neben dem Bewohnen der eigenen vier Wände und Einkaufen im benachbarten Supermarkt äußerst begrenzt. Kein Wunder also, dass immer mehr Kids, vor allem die von Ausländern, von deren Integration man hier nur wenig spürte, einen kriminellen Karrierepfad einschlugen, da sie sich in der ihnen vorgegeben Gesellschaftsrolle völlig isoliert und unverstanden fühlten. Mir taten die Jugendlichen leid, die bereits im Alter von elf oder zwölf Jahren mittags am U-Bahnhof mit Bier und Zigaretten in der Hand rumgammelten. Das Leben, was sie hier führten, war nicht zu vergleichen, mit meinem Heranwachsen, in den bürgerlichen Kleinstadtverhältnissen meiner Heimatgemeinde. Dort kennen sich die Leute noch untereinander und helfen sich gegenseitig, wenn es drauf ankommt. Bei mir hier in Wandsbek ist erst letztlich eine ältere Frau zwei Stockwerke unter mir verstorben, und kein Mensch hat es bemerkt. Eine Nachbarin wunderte sich erst nach über einer Woche darüber, dass sich ihr mittägliches „Essen auf Rädern", was ihr ein Fahrer stets vor die Tür stellte, immer höher stapelte.

Meine Wohnung befand sich im achten Stock, in den Räumlichkeiten eines ehemaligen Büros, was den Zustand erklärte, dass sich in der Wohnung kein Badezimmer befand und die Dusche nachträglich in der Küche neben dem Herd installiert wurde. Ansonsten wurde auch nicht viel Luxus geboten. Warmes Wasser gab es nur aus dem elektrischen Boiler überm Waschbecken in der Toilette und durch die Fensterritzen zog es wie in Onkel Toms Hütte. Der große Vorteil an dieser Behausung war die große Dachfläche, die man - inoffiziell durchs Fenster erreichend - als Terrasse nutzen konnte. Der große Nachteil dagegen die acht Etagen, die man überwinden musste, nur um an den Briefkasten gehen oder das Haus verlassen zu wollen.

Frau Heißmann bepflanzte den Blumenkasten unten im Treppenhaus neu, als ich zum Briefkasten ging. Das machte sie alle zwei Wochen. Mir war sie seit ich in diesem Haus wohnte, immerhin schon zwei Jahre, sympathisch. Sie schien eine nette, liebenswerte Großmutter zu sein. Ihre weißen, zum Dutt hochgesteckten Haare, die Lesebrille mit halben Gläsern, die sie stets trug, die blaue Strickjacke und ihr nettes, höfliches Wesen entsprachen voll und ganz meiner Vorstellung einer Bilderbuchoma.

„Morgen", begrüßte ich sie.

„Na, ich würde mal eher guten Tag sagen. Haben sie Urlaub?"

„Mmmh." Es wäre mir unangenehm gewesen, meiner Nachbarin meinen jämmerlichen Zustand ohne Arbeit und ohne Geld, dafür aber mit vielen Schulden, erklären zu müssen. Sie schien aber mit meinem brummenden Bejahen als Antwort zufrieden gewesen zu sein. Ich guckte in den Briefkasten, keine Post. Zum Glück, so gibt es wenigstens auch keine neuen Mahnungen.

„Ich gehe zur Tankstelle, soll ich Ihnen irgend etwas mitbringen", fragte ich Frau Heißmann.

„Nein, vielen Dank. Ich war vorhin schon einkaufen."

Ich verließ das Haus und trottete zur Tankstelle nebenan, um mir die Morgenpost und ein Brötchen zu kaufen. Ich fragte mich, was die Angestellten dort von mir denken mussten. Da kommt jeden Mittag oder Nachmittag ein total verlebt aussehender Typ im Jogginganzug in ihren Shop und hat selten mehr Geld als für eine Zeitung, ein Brötchen und wenn es ihm gut ging noch für Zigaretten bei sich. Es war ganz genauso, und ich fühlte mich nicht gerade wohl bei dem Gedanken, ein solches Bild abzugeben. Verstohlen erledigte ich den Einkauf, verabschiedete mich artig bei der Kassiererin, ging zurück nach Hause, an Frau Heißmann vorbei, wünschte ihr noch einen schönen Tag und fuhr mit dem Aufzug hoch zu meiner Wohnung.

Bevor es für mich etwas zu beißen geben sollte, musste ich mich um meinen neuen Goldfisch kümmern. Zur Beruhigung und gelegentlichen Unterhaltung hatte ich mir in einem Anflug von überhöhten Selbstzweifeln vergangene Woche in der benachbarten Zoohandlung einen Goldfisch samt bauchigem Glas gekauft. Bislang fand ich noch keinen Trost bei ihm, wirklich unterhalten hat er mich auch nicht, aber dennoch erfreute mich seine Anwesenheit. Er sorgte immerhin dafür, dass ich meinem Leben eine Aufgabe zu erfüllen hatte. Ich musste ihn füttern und sein Wasser sauber halten. Das bedeutete verantwortlich sein. Aus irgendeinem Grund redete ich mir ein, mein Leben würde dadurch bereichert.

Als ich an meinem Küchentisch sitzend lustlos das Brötchen versuchte zu essen - es schmeckte furchtbar alt und trocken - und dabei in der Morgenpost blätterte, fiel mein Blick auf die wenigen Stellenanzeigen. „Verdienen Sie bis zu 10.000,- DM monatlich mit ihrer Stimme am Telefon." Das konnte ja nichts sein, dachte ich mir. War ich es schließlich auch gewesen, der stets seine Späße über seinen Freund Jens machte, weil dieser sich nur auf solche Anzeigen hin bewarb und immer wieder enttäuscht zurückkam. Gut, die Branche des Telefonmarketings boomte seit geraumer Zeit, und immer mehr Firmen versuchten auf diesem Wege ihre Produkte an Mann und Frau zu bringen. Mir fielen die Jobs ein, die Jens in zahlreichen Vorstellungsgesprächen versucht worden waren, schmackhaft zu machen. Bei dem einen Unternehmen sollte er Diamanten an Privatkunden verkaufen, bei dem anderen Lotterielose und bei einem dritten gar Weine aus besonders biologischem Anbau. Jede dieser Stellen erschien ihm unseriös und er sagte alle ab. Dennoch war er im Endeffekt als Telefonverkäufer geendet und verkaufte jetzt Kosmetikartikel für Sonnenstudios. Und das erstaunliche an dieser Stelle war die Tatsache, dass es sowohl kaum Klagen seinerseits über die Arbeitsverhältnisse, noch über sein durchaus lukratives Gehalt gab. Demnach mutmaßte ich, dass nicht alle Stellen in dem Bereich automatisch der Kategorie „Nepper, Schlepper, Bauernfänger" zuzuordnen sind. Außerdem hatte ich bei meinem letzten Arbeitgeber zum Schluss hin ähnliche Tätigkeiten verrichten müssen, indem ich neue CD-Veröffentlichungen an Händler übers Telefon verkaufen musste. Allzu glücklich war ich mit dieser Beschäftigung zwar nicht, aber es gab auch durchaus schlechtere Arbeit. Dennoch hatte ich mir nach meiner Kündigung geschworen, nie wieder so eine Stelle anzutreten. Aber vielleicht ist der Versuch gelegentlich besser, als die sofortige Aufgabe. Außerdem sind manche Schwüre dazu da, gebrochen zu werden. Und wenn ich mal die ganze Woche hart durcharbeiten sollte, würde das mein Schaden sicher nicht sein. Für mein Gewissen wäre es sicher auch besser, es wenigstens versucht zu haben. So versuchte ich mir Mut zu machen. Ich schüttete mir noch einen Kaffee ein, ging zum Telefon rüber und wählte die Nummer aus der Anzeige.

„Ja Hallo", meldete sich eine freundliche Frauenstimme am anderen Ende der Leitung.

„Ich rufe wegen Ihrer Stellenanzeige in der Morgenpost von heute an. Worum geht es bei dem Job denn genau?"

„Kleinen Moment bitte, ich verbinde Sie da mal eben weiter."

Mein Anruf wurde weggeschaltet und aus dem Telefonhörer ertönte eine von diesen fürchterlichen Überbrückungsmelodien, die mich fast dazu veranlasste, sofort wieder aufzulegen. Ich glaubte, die Casio-Pieps-Version von „Für Elise" zu erkennen. Schrecklich. Das war nur schwer auszuhalten. Ich war drauf und dran den Hörer wieder aufzulegen. Aber kurz bevor es soweit kam, wurde mein Anruf wieder freigestellt.

„Schneider. Was kann ich für Sie tun?"

„Ja, ich melde mich aufgrund ihrer Stellenanzeige in der Morgenpost von heute. Mich würde mal interessieren, worum es dabei überhaupt geht."

„Da sind Sie bei mir richtig. Aber bevor ich Ihnen das alles umständlich am Telefon erkläre, kommen Sie doch einfach direkt bei uns vorbei und wir besprechen alles persönlich miteinander. Haben sie heute Nachmittag Zeit?"

Ich bejahte, er gab mir die Adresse durch, wir verabredeten einen Termin um vier Uhr und ich fragte ihn, welche Unterlagen er von mir benötigte.

„Bringen Sie nur Ihre Aufenthalts- und Arbeitserlaubnis mit. Das reicht."

„Die benötige ich nicht. Ich bin Deutscher."

„Na dann ist das ja alles kein Problem. Bis später."

Was sollte das denn wieder für ein Laden sein, in dem man von mir als deutschem Bewerber überhaupt keine Unterlagen einsehen will und davon ausgeht, dass sich generell eh nur Ausländer bewerben? Macht es überhaupt Sinn, sich das ganze noch anzuschauen? Aber zu diesem Zeitpunkt konnte ich mal meinen inneren Schweinehund überwinden und sagte mir, dass ich jetzt, wo ich mir schon die Mühe gemacht hatte, dort anzurufen, gefälligst auch noch vorbeischauen konnte. Also schlurfte ich ins Bad und versuchte durch Rasieren, Duschen und Zähneputzen wieder halbwegs menschlich auszusehen und zu riechen, was mir auch erstaunlich gut gelang.

Wenn ich nur wollte, könnte ich allein rein äußerlich noch einiges mehr hermachen. Ich zog mir einige meiner besseren Klamotten an.

Zum Glück erbarmte sich meine Mutter eins, zwei mal im Jahr, wenn ich meine Eltern im heimatlichen Westfalen besuchte, mir ein paar Hosen und Hemden, mal eine Jacke oder auch ein Paar Schuhe zu kaufen. Ich selber hätte mein Geld wahrscheinlich lieber für das zwanzigste Bier am Abend, anstatt für ein paar heile Socken ausgegeben. Meine Mutter machte sich ständig Sorgen, dass ich in der großen Stadt verlottern würde und unbegründet waren ihre Befürchtungen ja nun wirklich nicht. Aber diesem Umstand hatte ich es jetzt zu verdanken, dass ich sowohl in eine nagelneue, schwarze Jeans, als auch in ein gewaschenes und gebügeltes - da ebenfalls neu - Oberhemd schlüpfen konnte und tatsächlich eine einem Vorstellungsgespräch würdige Figur abgab. Ich putzte noch kurz über meine schwarzen Lederschuhe, die ich für derlei

Anlässe besitze, entfluste mein graues Jackett und dachte mir, dass ich in diesem Outfit auch problemlos meinen erlernten Beruf als Bankkaufmann hätte weiter ausüben können. War doch die penible Kleiderordnung im Büro einer der Hauptgründe dafür, nach Beendigung der Lehre diesem Beruf den Rücken zu kehren. Bereits seit meiner frühen Jugend gab ich nichts auf Etikette. In meiner Garderobe wollte ich mich stets nur wohlfühlen und nicht der breiten Masse an modesüchtigen Marionetten entsprechen. Außerdem erschien mir die Theorie, ein Mann wirke mit umgebundener Krawatte seriöser als im T-Shirt, mehr als antiquiert. Aber um mal wieder Geld verdienen zu können, unterzog ich mich auch dieser Prozedur und kam mir anschließend vor wie bei der Vorbereitung auf einen Faschingsball.

Nachdem ich mich also, so gut es ging, aus dem Ei gepellt hatte, stopfte ich die Morgenpost, meine Zigaretten, Lebenslauf und Zeugnisse - man konnte ja nie wissen - sowie einige CDs, die ich anschließend noch im Second Hand-Shop verkaufen wollte, in meinen Rucksack und machte mich auf den Weg zur U-Bahn. Wenigstens pünktlich wollte ich sein.

3

Um kurz vor vier erreichte ich die angegebene Adresse. Ich lag gut in der Zeit. Die Firma, bei der ich gedachte, mich vorzustellen, und von der ich bislang außer dem Namen nichts wusste, befand sich in einem großen Bürohaus. Neben der Eingangstür erspähte ich unter anderem Namensschilder von Versicherungsmaklern und Autovermietungen. Firmen, die mir namentlich bekannt waren und allein daher einen seriösen Eindruck auf mich machten. Lediglich den Namen meiner Firma konnte ich auf der Tafel nicht entdecken, was mich schon ein wenig stutzig machte. Ich betrat die Eingangshalle und fragte beim Pförtner nach Herrn Schneider. Der Pförtner telefonierte kurz und wenige Augenblicke später kam ein hochgewachsener, dunkelblonder Mann mittleren Alters auf mich zu. Er stellte sich als Herr Schneider vor, mit dem ich zuvor telefoniert hatte, und bat mich, ihm in sein Büro zu folgen. Wir gingen bis in den dritten Stock. Das Gebäude war neu, es roch nach Farbe und Lack. Vielleicht stand deshalb der Firmenname noch nicht neben der Eingangstür. Zahlreiche kleine und mittelgroße Unternehmen hatten hier Büroräume angemietet, aber noch stand viel Fläche unvermietet leer. Zu vermietende Büros hat Hamburg wahrlich genug, dachte ich, und mir fiel dabei das neu errichtete Reeperbahn-Hochhaus ein, in dem seit über zwei Jahren noch so gut wie keines der sich dort befindenden Büros verpachtet werden konnte. Etliche Quadratmeter standen dort leer, während draußen auf dem Bürgersteig die Obdachlosen um ein paar Groschen bettelten.

Schneiders Büro war recht spärlich eingerichtet und machte auf mich nicht den Eindruck, dass hier schon viel gearbeitet wurde. In dem maximal zwölf

Quadratmeter großen Raum befand sich ein Schreibtisch, auf dem einige Computermagazine lagen, ein Aktenordnerregal, welches nur zu einem Drittel gefüllt war, sowie ein Kühlschrank und eine Spüle. Auf der Spüle stand ziemlich viel schmutziges Kaffeegeschirr herum, was vermuten ließ, dass hier keine Sekretärin arbeitete, die sich um solch essentielle Bürotätigkeiten wie Kaffeekochen und Abwaschen kümmerte. Herr Schneider übernahm direkt das Wort und versuchte, mir so schmackhaft wie möglich von der auf mich wartenden Arbeit als Telefonverkäufer vorzuschwärmen. Ich bekäme einen eigenen, festen Kundenstamm, der regelmäßig einkauft und es nur an mir liegen müsste, diesen freundlich zu betreuen und nebenbei soviel wie möglich an Umsatz zu fahren. Während er erzählte, begutachtete ich derweil aus den Augenwinkeln heraus die zwei Bilder an der Wand hinter Schneiders Schreibtisch. Hierbei handelte es sich um gerahmte, bunte Fotoposter von alten Eisenbahnlokomotiven, die gerade ach so malerische Berglandschaften durchfuhren. Ich fragte mich, wie ein rund vierzigjähriger Mann, seinen Arbeitsplatz mit etwas derartig Geschmacklosem dekorieren kann. Als er nach einigen Minuten mal Luft holen musste, nutzte ich die Gelegenheit und fiel ihm ins Wort.

„Das ist ja alles schön und gut, aber erzählen Sie mir doch bitte erst einmal, was für Produkte ich denn überhaupt an den Mann bringen soll."

„Oder an die Frau." Schneider wollte mit einem Scherz der Antwort ausweichen. Er fing an rumzudrucksen und rückte erst nach einigem Stacheln meinerseits damit heraus, dass es ständig neue Produkte aus dem Elektronikunterhaltungsbereich seien. Genauer definieren konnte oder wollte er dies jedoch nicht. Ich würde aber, bevor ich mit dem telefonischen Verkauf beginne, ausreichend über sämtliche Produkte von geschulten Fachkräften informiert werden. Diese Schulungen würden in der kommenden Woche jeweils Dienstag- und Donnerstagabend in einem Hotel beim Dammtor-Bahnhof stattfinden. Ich wollte aber lieber heute als morgen mit einer Arbeit beginnen, in der Hoffnung, vielleicht bereits zum Freitag eine erste Gehaltsvorauszahlung zugesteckt zu bekommen.

Das Gespräch zog sich in die Länge, da Schneider ohne Punkt und Komma redete, ohne mich damit in irgendeiner Form zu begeistern. Von mir wollte er weiter nicht viel wissen. Eine Tatsache, die mich bei Vorstellungsgesprächen immer schon etwas stutzig machte. Schließlich stellt ein einigermaßen vernünftig geführtes Unternehmen ja nicht jeden ein. Ich fragte ihn in einer Atempause, wie es denn mit der Vergütung aussehen würde. Ich könnte zu Anfang übers Arbeitsamt weiter krankenversichert sein, müsste mich dann später, wenn ich mich eingearbeitet habe, selbst versichern. Mein Gehalt würde sich auf Provisionsbasis prozentual zu meinem Umsatz errechnen. So lange ich noch unter der finanziellen Obhut des Arbeitsamtes stehe, dachte ich mir, kann ja nicht viel passieren. Als ich wenig später noch einmal zu Wort kam, nutzte ich die Gelegenheit am Schopfe und fragte, wo ich überhaupt arbeiten sollte. Die Antwort, dass mein Zuhause auch mein Arbeitsplatz sei, gefiel mir ausgesprochen gut und ließ den Job in einem anderen, viel besseren Licht erscheinen. Eine Arbeit, bei der ich nicht zu einer bestimmten Zeit pünktlich vor Ort strammstehen muss, hatte ich mir schon immer gewünscht. Primär dank dieses Argumentes, aber sicherlich auch aufgrund des überzeugenden Auftretens, welches Schneider an den Tag legte, erschien mir der Arbeitsplatz in seiner Firma plötzlich nicht mehr derart suspekt, wie noch vor dem Gespräch. Ich sagte zu, am nächsten Morgen zur Unterzeichnung eines

Arbeitsvertrages zu erscheinen und verließ leicht verwirrt und irritiert das Büro.

Inzwischen hatte es zu regnen begonnen. Ein solcher Frühjahrsregen war nicht unbedingt das Schlechteste am Nachmittag. Das interessierte mich weniger aus landwirtschaftlichen Gründen, als einfach nur aufgrund der Tatsache, dass sich dadurch die ansonsten überfüllten Einkaufsstraßen ein wenig leerten. Ich fuhr mit der S-Bahn ins Schanzenviertel, wo sich neben zahlreichen türkischen Ramschläden, Imbissbuden, Cafés und Boutiquen auch zwei Plattenläden befinden, in die ich stets CDs brachte, die ich nicht mehr für behaltenswert befand. Nicht immer waren dieses nur schlechte CDs, oftmals zwang mich auch meine finanzielle Lage dazu, CDs zu verkaufen, die ich eigentlich ganz gerne behalten hätte. Und jedes mal hatte ich dieses Bangen. Hoffentlich kauft mir jemand den Scheiß hier auch ab. Da ich gelegentlich für ein Undergroundmagazin Plattenkritiken verfasste, bekam ich von den obskursten Schallplattenfirmen und PR-Agenturen ihre jeweiligen Produkte ins Haus geschickt, von denen ich mich zu neunzig Prozent wieder trennte. So bekam ich wenigstens durch diesen Verkauf immer mal wieder ein paar Mark rein, wenn ich schon für mein Geschriebenes nicht entlohnt wurde. Nur war das Problem an Hamburgs Secondhand-Läden, dass deren Disponenten lediglich die CDs einkauften, von denen sie sich in ihrer arroganten Allwissenheit sicher sein konnten, diese auch schnell wieder für den doppelten Preis verkaufen zu können. Alles, was sie nicht kannten, erschien ihnen auch nicht wert, ins Regal gestellt zu werden. CDs unbekannterer Bands durfte man demzufolge meist wieder unverrichteter Dinge nach Hause tragen. Diesmal hatte ich jedoch Glück und verkaufte direkt im ersten Laden vierzehn von meinen siebzehn mitgeschleppten CDs. Mit dem frisch erstandenen blauen Schein machte ich mich auf den Weg zum nächsten Supermarkt, um für die noch fast komplett vor mir liegende Woche ein wenig einzukaufen. Ein klitzekleines Hochgefühl machte sich bei mir breit.

Nachdem ich ein paar Lebensmittel, Milch, Saft und viel Bier gekauft hatte, machte ich mich - erneut mit der S-Bahn - auf den Heimweg, mit dem guten Gefühl, noch weit über die Hälfte des Geldes bei mir zu haben. Es war inzwischen fast achtzehn Uhr, so dass die Bahn aufgrund der arbeitenden Bevölkerung, die sich gerade nach verrichtetem Tagewerk auf dem Heimweg befand, ausgesprochen voll war. Ab morgen würde ich auch wieder dazugehören. Der Gedanke gefiel mir eigentlich überhaupt nicht, wenn ich mir die ganzen angespannten, ausgelaugten Gesichter um mich herum anschaute. Aber andererseits war es ein mehr als beruhigendes Gefühl, demnächst endlich mal wieder ein paar Mark mehr sein Eigen nennen und damit den lästigen Schuldenberg abbauen zu können. Dennoch war ich froh, als ich endlich mein Ziel erreicht hatte und die Bahn und ihre Mitreisenden verlassen konnte. Es fiel mir schwer, zu glauben, dass ich mich jemals daran gewöhnen könnte, jeden Tag um neun zur Arbeit und um fünf zurück nach Hause zu fahren. Vielleicht gibt es Leute, die dafür einfach nicht geboren wurden. Vielleicht gehöre ich dazu. Vielleicht bin ich aber auch nur übermäßig faul und arbeitsscheu. Vielleicht auch nicht.

Zu Hause angekommen wartete dort bereits mein Mitbewohner Udo, der mir die freudige Nachricht übermittelte, für den heutigen Montagabend einen tollen Plan zur gemeinsamen Gestaltung ausgetüftelt zu haben.

„Ich habe uns zur Einstimmung das derbste Gras besorgt, das du je geraucht hast." Für ein Konzert im Café Saturn hatte er sich auch noch um Freikarten gekümmert. Dort stand eine schwedische Ska-Band auf dem Programm, und zu dem Konzert hatten sich auch zahlreiche Bekannte angekündigt, so dass der Abend nicht langweilig zu werden schien.

Udo war ein Freak durch und durch. Mit seinen inzwischen fast dreißig Jahren hatte er es immer noch nicht für nötig gehalten, sich langsam den gesellschaftlichen Regeln anzupassen. Zwar ging er seiner relativ geregelten Arbeit bei einem lokalen Konzertveranstalter nach, tat dies aber auch einzig und allein nur aus der Überzeugung heraus, irgendwie sein Freizeitleben finanzieren zu müssen. Ansonsten hatten auch bei Udo Feiern, Alkohol und Frauen absolute Priorität. Dadurch ergänzten wir uns ganz gut. Udo entdeckte mit dreizehn Jahren bereits in seinem schleswig-holsteinischen Heimatdorf für sich den Punk und entschwand bereits wenige Jahre später nach Hamburg, um dort in der Hafenstraße dieser neuen Passion ausgiebig nachgehen zu können. Zwar zog es ihn nach seiner härtesten Phase wieder zurück in die Obhut des Dorfes, wohlwissend, dass ein Leben zwischen Straßenschlachten, Dosenbier und Stromgitarren in dieser exzessiven Form kaum länger als dreißig Jahre dauern würde, aber dieser Lebenseinstellung und -form ist er seitdem auf seine ganz eigene Art treu geblieben. Auch jetzt noch war für Udo ein nüchterner Tag ein verschenkter und seine Zugehörigkeit zur Punkbewegung stellte er weiterhin in Form einer Irokesen-Frisur mit Haarspray hoch und in der Öffentlichkeit zur Schau. Fast rührend war es anzuschauen, wenn er Sonntagnachmittags auf seinem Bett sitzend seine Kleider mit kleinen parolenbedruckten Stofflappen zusammenflickte. Einerseits, konnte ich ihm nicht ganz folgen in dem, was ihn dazu motivierte, in meinen Augen seit über fünfzehn Jahren auf der Stelle stehen zu bleiben, andererseits bewunderte ich ihn aber auch auf eine Art, derart konsequent seinen Weg zu gehen.

Ich kochte uns zuerst ein paar Nudeln mit Sauce, die mir ausgesprochen gut gelangen. Wenn ich für etwas stets ein gutes Händchen gehabt habe, dann war es beim Kochen. Nicht das dies meine Mission gewesen wäre, aber wenn mich Hunger und Lust auf gutes Essen überkamen, konnte ich, sofern die nötigen Zutaten im Haus waren, doch eigentlich stets ein gutes Essen herrichten. Da mir aber für einen abwechslungsreichen und ausgewogenen Speiseplan oft das nötige Geld fehlte, war Pasta mit entsprechender Sauce das sich stets anbietende Mahl. Da ich bei der Bereitung der unterschiedlichen Saucen äußerst variantenreich, experimentierfreudig und erfinderisch zu Werke ging, gab es mir das Gefühl, nicht Tag für Tag das gleiche in mich reinzustopfen. Das war natürlich ein Trugschluss. Aber ich konnte mit Hieb und Stich behaupten, dass kein italienisches Restaurant in meiner weiteren Nachbarschaft besser auf dem Gebiet agierte als ich. Das bildete ich mir zumindest ein. Auch heute lief mir schon während des Kochens das Wasser im Munde zusammen. Doch bevor wir uns über dieses leckere Mal hermachten, vergingen wir uns an Udos Gras und waren in Windeseile stoned. Es dauerte wie erwartet nicht lange und es stellte sich bei uns beiden ein schier unglaubliches Hungergefühl ein. Ich hatte bereits alles angerichtet und wir mussten nur noch anfangen zu essen.

„Oh, das schmeckt gut." Udo hört gar nicht mehr auf, meine Kochkünste in höchsten Tönen zu loben. Er selbst hatte sich nie dafür interessiert und wenn er nicht bei mir mitaß, bestand seine Ernährung aus dürftig belegten Toasts oder Ravioli aus der Dose. Unter Berücksichtigung dieser figurfeindlichen Vorgehensweise bei der Nahrungsaufnahme hatte er aber einen formgerechten Körper. Das konnte ich von mir leider nicht behaupten. Da, wo es um Muskeln zu wenig bestellt war, hatte es in der Bauchgegend an Fettablagerungen zuviel. Größerer Probleme hatte mir das allerdings bisher nie bereitet. Wir rauchten noch ein wenig durch meine Wasserpfeife und läuteten die zweite Runde Essen ein. Danach rauchten wir noch einen und lagen geplättet und vollgestopft in den Sesseln.

Die Zeit verstrich, wir quatschten gelegentlich dummes Zeug und ließen uns von banalen Sitcoms im Fernsehen berieseln.

„Wann soll denn das Konzert heut Abend losgehen?"

„Ich denke mal so gegen zehn."

„Dann müssen wir ja gleich los", meinte ich ziemlich unmotiviert.

„Ja, scheiße. Fährst du?"

„Ach nee, im Saturn will ich schon was trinken. Die haben da so leckere Margaritas."

„Ich habe aber auch keinen Bock zu fahren. Lass uns die Bahn nehmen."

„Scheiße Udo. Dazu bin ich viel zu stoned. Da habe ich jetzt überhaupt keine Lust zu."

Schweigen. Es war der Punkt erreicht, wo wir in unseren benebelten Hirnen nicht mehr weiterwussten. Mit ausreichend THC im Blut, war man in seiner Entscheidungsfreude sehr eingeschränkt und mit den kleinsten Problemen und Schwierigkeiten vollkommen überfordert. Bevor man sich in einem solchen Zustand irgend welchen Situation stellt, denen man sich nicht gewachsen fühlt - und das sind fast alle - werden sie lieber bestmöglich umgangen. Objektiv betrachtet also nicht unbedingt ein stolzer Zustand. So erging es jetzt auch Udo und mir. Beide saßen wir da, versuchten die kleinen Rädchen im Kopf in Bewegung zu setzen und die Vor- und Nachteile des Ausfluges nach Altona ins Cafe Saturn abzuwägen. Udo kam als erster von uns beiden zu einem Ergebnis.

„Na gut, dann kiffen wir halt noch einen und bleiben hier."

„O.k., gleich kommt auch noch ein Tatort."

Und so ging wieder ein aufregender Tag zu Ende, ohne dass ich meiner Schuldensbegleichung großartig näher gekommen wäre.

4

Der Wecker klingelte zur gewünschten Zeit um acht Uhr. Eine Zeit, die ich wach schon länger nicht mehr erlebt hatte. Dennoch schaffte ich es recht gut aus dem Bett. Schließlich wollte ich heute eine Karriere als Telefonverkäufer starten. Meine Gedanken sortierend schleppte ich mich ins Bad. Nach der Morgentoilette fielen mir Schneiders Worte über meine Verdienstmöglichkeiten und meine Weiterversicherung über das Arbeitsamt ein. Ob das denn wirklich alles so seine Richtigkeit hat? Ich begann zu zweifeln. Irgendwie kam der Schneider mir ja ziemlich suspekt vor, als dass ich ihm einfach mal alles so glauben sollte. Ich wählte also kurzerhand die Nummer meines Arbeitsvermittlers und berichtete ihm von meiner erfolgreichen Jobsuche und der von Schneider vorgestellten Idee, die erste „Eingewöhnungszeit" weiter übers Arbeitsamt versichert zu sein.

Mein stets mies gelaunter Arbeitsvermittler am anderen Ende der Leitung war aber nicht im Geringsten so Feuer und Flamme von dieser Sache wie ich. Eine solche Regelung gäbe es nicht und müsste - wenn überhaupt - im Vorfeld mit dem Arbeitsamt abgesprochen sein. Bei mir käme das jedoch nicht in Frage, da ich als gelernter Bankkaufmann nicht zu den schwervermittelbaren Fällen gehören würde. Ich sollte mich stattdessen lieber ordentlich um die Stellen bewerben, die er mir regelmäßig anbot. Um diese hatte ich mich in der Vergangenheit mit den absurdesten Ausreden gedrückt, es beziehungsweise so hingebogen, dass sie mich nicht anstellen wollten. So kam ich zum Beispiel zu einem Vorstellungsgespräch für einen Job als Versicherungsvertreter im Außendienst mit extra frisch gefärbten blauen Haaren. Erstaunt hatte es mich nicht, dass sich die Personalabteilung für einen meiner Mitbewerber entschied. Stattdessen war ich nur froh darüber, diesen Job nicht antreten zu müssen.

Jetzt versuchte ich allerdings meinen Arbeitsvermittler von der Tätigkeit als Telefonverkäufer und Schneiders Finanzierungsplan zu überzeugen. Schließlich stand mir das Wasser bisher noch nie so bis zum Hals wie zu diesem Zeitpunkt. Leider biss ich dabei auf Granit. Das sollte ich mir mal besser aus dem Kopf schlagen. Für die Finanzierung meiner Sozialversicherungsabgaben müsste mein neuer Arbeitgeber sorgen. Es sei denn, ich würde in Vorleistung treten, dann könnte es mit meinem ersten Gehalt verrechnet werden. Doch wie hoch würde mein erstes Gehalt ausfallen? Würde ich überhaupt Umsatz schaffen und damit Provisionen verdienen? Ich legte auf und ging wieder ins Bett. Arbeitsuche war nicht meine Welt.

Als ich nach dem Aufwachen auf den Wecker blickte, war es kurz nach zwölf. Ich war vom immer noch klingelnden Telefon geweckt worden. Normalerweise sind Anrufe um diese Uhrzeit offizieller Natur und von daher eher der Kategorie unangenehm zuzurechnen. Dennoch stand ich auf, ging zum Telefon und nahm ab.

„Ja Hallo?"
„Hey, hier ist Klaus. Wie sieht es aus? - Ich wollt' nur mal' hören und dich nicht stören, ob du mitkommst in die Sauna, du kleiner Gauner?"

Mein Freund Klaus hatte sich seit ein paar Wochen angewöhnt nur noch in Reimen zu sprechen. Er fand das lustig und sprachkreativ, uns anderen ging es meist sehr schnell am Abend auf die Nerven.

„Mmmh. Geht so. Habe im Moment keine Kohle und suche händeringend nach einem Job."

„Den Sauna-Eintritt bezahle ich dir. Gleich ist auch schon Matze hier."

Warum eigentlich nicht, dachte ich. Mit dem angebrochenen Tag würde ich eh nicht mehr viel anfangen können. Außerdem ist so ein Saunabad nicht nur erholsam, entspannend und gesund, sondern man hat mit Klaus und Matze auch meistens recht viel Spaß dort. Ich sagte zu und wir verabredeten uns für zwei Uhr vor dem Saunabad. Bis vor einem Jahr wäre ich nie auf die Idee gekommen, eine Sauna aufzusuchen. Doch seit ich mit den Drogen so ausschweifend anfing, schrie mein Körper förmlich nach Ausgleich. Und Klaus und Matze, die in der Drogengeschichte schon wesentlich länger drinsteckten als ich, gingen bereits seit Jahren in die Sauna, um ihren Körpern, die sie durch die Gifte immer wieder aufs neue schwächten, wenigstens einmal in der Woche etwas Gutes anzutun.

Klaus und Matze waren in letzter Zeit öfter mit mir gemeinsam unterwegs. Hauptsächlich wurde dabei ziemlich viel getrunken und gekokst. Während Klaus sein täglich Brot als Bühnendekorateur beim städtischen Theater verdiente, besaß Matze einen eigenen Plattenladen. Dieser lief zwar mehr schlecht als recht, aber immerhin erweckte dieser den Anschein, als dass Matze auf ehrliche Art und Weise seinen Lebensunterhalt bestritt. Seine Haupteinnahmequelle war allerdings der Handel mit Kokain. Er war keiner der ganz großen Dealer der Stadt, spielte aber auch zwei Ligen über dem gemeinen Straßenverkäufer. In dieser Position hatte er sich in einer Nische eingenistet, die er sehr gut auszufüllen schien. Und um das Drogengeld irgendwie reinzuwaschen, bot sich der Plattenladen natürlich an wie die Hure dem Freier.

Ich freute mich, diese beiden verrückten Vögel wiederzusehen. Bei ihnen hatte ich das Gefühl, sie würden trotz wildester Drogeneskapaden und Alkoholabstürzen wissen, wie sie die unangenehmen Klippen, die einem das Leben so ins Fahrwasser baut, zu umschiffen. Trotzdem redete ich mir ein, nicht so sehr den Drogen zu verfallen zu sein wie die beiden, ohne zu merken, dass ich bereits auf bestem Wege dorthin oder gar schon angekommen war. Dass wir uns nach der Sauna erneut die Gifte zuführen sollten, die wir zuvor ausgeschwitzt hatten, war eigentlich schon während des Telefonates klar. Ein paar Mark für die eine oder andere Dose Bier waren ja auch noch vom gestrigen CD-Verkauf über.

Pünktlich um zwei traf ich am Holthusenbad in der Kellinghusenstraße in Eppendorf ein und zeitgleich mit mir bogen auch Klaus und Matze um die Ecke.

„Wie sieht's aus? Alles frisch?"

„Na ja, geht so", antwortete ich wohl sichtlich erfreut, die beiden wiederzusehen.

„Ein paar Mark mehr auf der Tasche, würden mir ganz gut zu Gesicht stehen."

„Man, das du keine Kohle hast, wissen wir inzwischen schon und das ist ja auch nichts Neues. Aber egal, lass uns heute mal einen schönen Tag machen. Und dazu gehören zuerst einige ausgiebige Saunagänge. Wir müssen unseren Körpern ja auch ab und an etwas Gutes tun."

Matze hatte ja so recht. Warum machte ich mir immer so viele Gedanken? Schließlich wurde ich heute nett eingeladen und sollte das auch einfach mal genießen. Ich begann meine Geldsorgen erneut zu verdrängen.

Wir blieben rund drei Stunden in der Sauna und die ganze Zeit über unterhielten wir uns nett miteinander. Ich erzählte ein wenig von meinen Problemen, verschwieg dabei aber bewusst meine hohen Schulden. Die wären mir Klaus und Matze gegenüber äußerst unangenehm, schließlich waren sie es, die stets genügend Geld in den Taschen hatten und mir damit auch ab und zu aushalfen. Auch wenn die beiden ihr Geld nicht immer nur auf legalem Wege verdienten, sähe ich derart verarmt wie ein ziemlicher Verlierer neben ihnen aus. Also tat ich wie so oft so, als wenn soweit bei mir alles gut läuft und ich mein Leben fest im Griff hätte. Wie so oft machte ich den Leuten um mich herum etwas vor, und schlimmer noch, mir selber langsam aber sicher auch.

Als wir die Sauna wieder verließen, fühlte ich mich rundum erholt und voller Tatendrang. So ein Saunagang vermag wahre Wunder für die physische Verfassung zu bewirken. Zwar bezweifelte ich, alle Gift- und Schadstoffe aus meinem Körper ausgeschwitzt zu haben, der Kreislauf wurde aber zumindest mal wieder ein wenig auf Vordermann gebracht. Außerdem fühlte sich die Haut gleich viel geschmeidiger an und sah auch besser aus. Zum ersten mal seit Wochen hatte ich das Gefühl, die inzwischen vertraute kränkliche Blässe sei aus meiner Visage verschwunden. Ich fühlte mich nicht nur so, ich sah auch vital aus. Das stand mir besser zu Gesicht. In der Umkleidekabine schaute ich lange in den Spiegel. Vielleicht sollte ich mein Geld, wenn ich denn dann mal welches besitzen sollte, nicht dafür ausgeben, meinen Körper zu zerstören, sondern ihn zu pflegen. Die Idee gefiel mir für einen Moment. Welch guten Stand würde ich bei Frauen erlangen? Für kurze Zeit spielte ich mit dem Gedanken, mein Leben gänzlich umzukrempeln.

„Los, wir fahren zu mir. Lasst uns noch ein paar Biere zusammen trinken." Matze riss mich in meine Realität zurück. Sollte ich jetzt, meinen neuen Lebenswandel im Hinterkopf, die Einladung abschlagen? Ich überlegte kurz. Matze hatte mir gerade den Eintritt bezahlt. Konnte ich denn da so unhöflich sein und die beiden alleine lassen und mich aus dem Staub machen? Mit dem gesunden Leben konnte ich morgen ja richtig anfangen. Da würde ich mir ja auch endlich einen Job suchen, in dem ich schnell viel Geld machen könnte. Ehe ich mich versah, saß ich in Matzes schwarzem VW Golf auf der Rückbank und bekam eine Zigarette von Klaus angeboten.

„Dann lassen wir es heute mal wieder richtig krachen."

Matze wohnte seit seinem Umzug vor einigen Jahren aus Flensburg nach Hamburg mitten auf dem Kiez, und somit stellte seine Wohnung den perfekten Ausgangspunkt für unsere nächtlichen Kneipentouren dar. Man musste nur drei Treppen runterfallen und war schon im Point One. Wir fanden einen Parkplatz direkt vor dem etwas heruntergekommenen Haus und entstiegen frohen Mutes dem Wagen. Matze nahm mir meine Sporttasche mit den Saunaklamotten ab und sagte:

„Hol doch mal ein paar Biere. Wir gehen schon mal hoch und hacken einen auf."

„Alles klar. Ich komme gleich nach."

Und schon war ich die Stufen zum Kiosk im Keller des Hauses heruntergestiegen. Wie immer saßen drei ältere Türken um den Verkaufstresen herum und schauten mehr oder weniger interessiert zum laufenden Fernsehgerät. Hier kaufte selten jemand etwas anderes als Alkoholnachschub ein. Bier, Jägermeister, Korn, dazu noch ein Päckchen Zigaretten. Wer ein reichhaltiges Lebensmittelangebot erwartete, musste enttäuscht abziehen. Doch das kam selten vor. Kaum jemand, dem das nicht vollkommen ausreichte. Wenn der Mensch dicht an der Elendsgrenze lebt, beschränken sich seine Bedürfnisse zwangsläufig auf das Wesentliche. Ich ging zum Kühlschrank, nahm zwei Sechser-Träger heraus und war froh, dass ich noch genügend Geld bei mir hatte. Selbst die obligatorische Schachtel Filterzigaretten, einer der wenigen Luxusartikel, den ich mir nach wie vor gönnte, war so eben noch finanzierbar. Nachdem ich bezahlt und den Alten einen schönen Abend gewünscht hatte, ging ich ins Haus und stieg bis zur Wohnungstür die Treppen hoch. Im Hausflur roch es modrig und stickig. Ich wünschte mir, sämtliche Wohnungstüren würden sich öffnen und Frischluft ins Treppenhaus strömen lassen. Doch der Geruch, der sich hinter jeder einzelnen Tür verbarg, mochte womöglich für sich genommen, noch schlimmer sein. So versuchte ich, so wenig wie nur möglich zu atmen und hechtete die drei Stockwerke zu Matzes Wohnung hoch. Dort angekommen klopfte ich drei Mal heftig an die Tür, da die Klingel bereits seit Jahren ihren Geist aufgegeben hatte.

Aus dem Inneren dröhnte laut das neue Album von Social Distorsion, was mich vermuten ließ, dass die Beiden mein Klopfen nicht gehört hatten. Hier schienen die Motoren bereits Betriebstemperatur angenommen zu haben. Ich wartete bis das Lied zu Ende war und versuchte es erneut. Diesmal wurde ich erhört und ein lachender Matze machte mir tanzend die Tür auf.

„Wo ist das Bier? Für dich liegt schon alles bereit." Ich drückte Matze einen Bierträger in die Hand, brachte den anderen in die Küche und stellte ihn in den Kühlschrank. Aus dem Wohnzimmer dröhnte wieder Musik und ich ging rüber. Klaus und Matze tanzten wild im Zimmer umher, lachten und sangen aus Leibeskräften das laufende Lied mit. Ich ging zur Couch, zog mir die Jacke aus, machte ein Bier auf und es mir bequem. Nach dem ersten Schluck sah ich die lange Line, die vor mir auf dem Glastisch lag. Ich rollte den daneben liegenden Hundertmarkschein zusammen und zog alles auf einmal in die Nase. Es brannte ungeheuerlich. Als ich es hochzog und das erste Kokain im Rachen ankam, verspürte ich einen leichten Brechreiz. Ein tiefer Schluck Bier beseitigte das Gefühl jedoch im Nu. Und schon fühlte ich mich super. Ich verinnerlichte die Musik, stand auf und tanzte wild feiernd mit den anderen durch den Raum.

„Die Gifte sind ja alle raus. Also haben wir wieder genug Platz für neue Sünden." Ich war wieder in Höchstform. Vergessen waren für den Augenblick Tribi und Jensen, Jobsuche und Schulden. Ein Glücksgefühl nach dem anderen durchströmte meinen Körper. Sobald ich die Augen schloss, bildete ich mir ein, schwerelos zu sein. Mein Kreislauf lief auf Hochtouren. Wir tranken, sangen, rauchten, quatschten und fühlten uns unglaublich wohl. Nach der dritten Line Kokain sagte Klaus:

„Lasst uns gleich mal runter ins Point One gehen. Es wird Zeit, ein paar andere Gesichter zu sehen."
Der Vorschlag wurde einstimmig angenommen, jedoch nicht unmittelbar in die Tat umgesetzt. Durch das Kokain waren wir alle so dermaßen aufgekratzt, dass wir wild durcheinander redeten und kaum den gegenüber aussprechen ließen. Nachdem wir uns noch eine halbe Stunde gegenseitig zugetextet hatten, setzten wir den Plan dann aber auch endlich in die Tat um. Gut genug fühlten wir uns ja.

Im Point One war nicht gerade viel los. Aber das erwarteten wir auch gar nicht. Wir waren da, das reichte uns voll und ganz. Mit ausreichend Koks im

Kopf sind einem irgendwann die anderen Leute mehr oder weniger egal, jeder fährt nur noch seine kleine Egoschiene, ist in seinem eigenen Film. Und haargenau so ging es uns jetzt. Bestätigung gaben wir uns gegenseitig. Das genügte.

Dafür dass das Kalenderblatt Dienstag anzeigte, war der Laden allerdings ganz gut gefüllt. Die meisten Gäste saßen zu zweit oder dritt am Tresen oder den Tischen im hinteren Bereich der Bar und unterhielten sich. Wir nahmen vorne am Tresen Platz, da wo wir meinten, angestammt und fast schon zu Hause zu sein. Es wurde ein Bier nach dem anderen getrunken und mit ansteigendem Alkoholpegel sank auch das Gesprächsniveau. Wir lamentierten über Frauen, Musik und Fußball, so wie wir es immer taten. Ich fühlte mich rundum wohl und hatte immer noch alle meine Sorgen und Nöte vergessen.

Ich dachte darüber nach, dass ich länger keinen engeren Kontakt zu einer Frau hatte. Seit meiner letzten gescheiterten Beziehung war mir für einige Zeit die Lust an einem Leben in trauter Zweisamkeit und dem damit automatisch verbundenen Stress, den eine Zweierbeziehung mit sich bringt, vergangen. Kurzen Affären, die auch nicht länger als eine Nacht dauern mussten, war ich eigentlich auch nie negativ gegenüber eingestellt, aber in diese Richtung hatte sich in den letzten Wochen auch nichts ergeben. Vielleicht war ich auch dank angesprochener vergangener Beziehung zu sehr aus der Übung gekommen, jemand Neues kennen zu lernen. Das musste sich wieder ändern.

Ich guckte mich noch einmal genauer in der Bar um, dieses mal mit dem Hauptaugenmerk auf den weiblichen Gästen. Viele waren nicht da. Da saßen zum einen die zwei permanent kichernden jungen Mädchen am Tisch hinten im dunkleren Teil der Bar, die jedoch beide nicht das geringste Interesse in mir weckten. So junge, unreife Teenager waren nicht mein Ding. Es war nicht das Erfüllendste für mich, im Bett erst mal meiner Gespielin erklären zu müssen, wie der Hase zu laufen hat. Bei älteren Frauen war da die Trefferquote, jemanden zu finden, der das schon wusste, zwangsläufig wesentlich höher. Sicherlich sah die Blonde von den beiden Girlies in ihrem kurzen Röckchen und dem ärmellosen Top nicht schlecht aus und ihr angetrunkener Zustand würde einem Kneipenflirt eher dienlich als hinderlich sein. Aber mein vollstes Interesse konnte sie nicht wecken. Also ließ ich die beiden Hühner an ihrem Tisch gackern und schenkte ihnen keine weitere Beachtung mehr.

An einem anderen Tisch ein Stückchen weiter vorne saßen auch zwei Frauen, diese jedoch in Begleitung ihrer türkischen Freunde. Da die Typen nicht gerade so aussahen, als ob sie sich gerne ihre Freundinnen von einem stockbesoffenen Typen ausspannen lassen wollten, schweifte mein Blick auch von ihnen wieder weiter ab. Am anderen Ende des Tresens saß noch eine Frau und unterhielt sich mit einem recht affektiert wirkenden Kerl in einem dunkelgrauen Anzug. Beide schienen ein paar Jahre älter zu sein als ich. Die Frau war recht groß und sehr schlank, fast schon drahtig. Ihr blondes Haar trug sie mittellang glatt herunterhängend und konnte kaum die schon etwas erschöpft und müde anmutenden Gesichtszüge verstecken. Sie war sicherlich keine Schönheit, aber ich glaubte, das gewisse Etwas bei ihr entdeckt zu haben. Sie sagte nicht sonderlich viel, aber wenn, dann wirkte sie bestimmt und direkt. Ich unterhielt mich weiter mit Klaus und Matze, ließ sie aber für längere Zeit nicht mehr aus den Augen.

Nach einiger Zeit kam eine kleine schwarzhaarige Hippiefrau in die Bar und gesellte sich zu der Frau gegenüber und ihrem Gesprächspartner an den Tisch. Ihre Bluse stand vor Dreck und Schweiß, ihre Haare sahen fettig und ungepflegt aus und ich legte nicht gerade wert darauf, festzustellen, ob sie genauso roch, wie sie ausschaute. Sie fing sofort an, wie wild loszureden und mit den Armen kreuz und quer durch den Raum zu gestikulieren. Ich mochte sie nicht. Sie erinnerte mich an die politisch engagierte, emanzipierte Frauenfraktion früherer autonomer Jugendzentren. Frauen, die dir die Haare ausreißen wollten, nur weil du - in welchem Zusammenhang auch immer - das Wort Ficken gebraut hattest. Wenn wir zusammentrafen, prallten stets zwei Welten aufeinander. Nicht selten stand es kurz vor handgreiflichen Auseinandersetzungen, die nur dadurch verhindert wurden, dass ich es mir zum Prinzip gemacht hatte, niemals die Hand gegen eine Frau zu heben. Sei sie auch noch so eine durchgeknallte Nervensäge.

Einige Minuten später stand der Kerl, der bei den beiden Frauen saß, auf, bezahlte und verließ das Point One. Es war nicht schade drum. Mein potentieller Nebenbuhler, den ich aber wegen seines unsicheren Auftretens nicht als richtige Konkurrenz angesehen hatte, räumte das Feld. Ich witterte Morgenluft. Wiederum ein paar Minuten später ging die Hippiefrau zur Toilette und meine gegenüber kam zu mir und setzte sich auf den freien Hocker an meiner Seite.

„Entschuldige bitte, wenn ich dich hier belästige, aber du musst mir mal helfen."

„So? Was soll ich denn machen", fragte ich erstaunt.

„Die Frau, die gerade neben mir saß, hat mich letztens in einem Frauencafé gesehen, wo ich mit einer lesbischen Bekannten von mir war. Und irgendwie scheint die Frau mich jetzt anbaggern zu wollen. Ich stehe aber überhaupt nicht auf Frauen, aber das scheint sie mir nicht so recht abnehmen zu wollen."

Sie hakte sich bei mir unter und grinste mich an.
„Du musst mal kurz meinen männlichen Begleiter spielen."
„Gerne."
Uns trafen die ersten irritierten und fragenden Blicke von Klaus und Matze. Ich fand es gut. Die Hippiefrau kam wieder von der Toilette, sah uns beide zusammen da sitzen, ging direkt nach hinten in die Bar, setzte sich zu drei weiteren Hippies an den Tisch und fing an zu diskutieren. Die Frau an meinem Arm hatte sich inzwischen als Marion vorgestellt und stammte genau wie ich ursprünglich aus dem Ruhrgebiet. Wir unterhielten uns ganz nett, ich gab ihr, nachdem mir Matze zuvor das Geld dafür geliehen hatte, einen Sekt aus und dachte, dass ich wohl großes Glück hatte. Im Laufe der Unterhaltung fing ich immer mehr an mit ihr zu flirten, obwohl sie im Grunde genommen kein bisschen darauf einstieg. Ich fühlte mich jedoch spitze und war mir sicher, dass meinem Charme eh niemand widerstehen könnte.

Zumindest dachte ich das so lange, bis sie ziemlich abrupt aufstand, auch nach hinten in die Bar ging und mich alleine da sitzen ließ.

„Hat wohl nicht sollen sein", sagte ich zu Matze und Klaus rüber, bestellte mir ein Bier und einen Sauren und widmete mich wieder verstärkt dem gemeinsamen Alkoholtrinken.

5

Ich wachte auf, registrierte, dass ich zu Hause im Bett war und der Tag schon weit fortgeschritten sein musste. Ein Blick auf den Wecker sagte mir, dass es bereits kurz nach zwei Uhr war. Mein Kopf fühlte sich an, als müsste er jeden Moment explodieren. Ich ließ mich wieder zurück ins Kopfkissen sinken und versuchte die gestrige Nacht zu rekonstruieren. Die Erinnerungen kamen bruchstückhaft zurück. Zumindest fiel mir nach und nach wieder ein, wie ich irgendwann im Morgengrauen ziemlich lange auf die nächste S-Bahn warten musste, in dieser, als sie dann endlich kam, einem stinkenden Hafenarbeiter gegenüber saß, der scheinbar noch betrunkener war als ich, und wie ich beim Betreten unseres Hausflures Frau Heißmann traf, die mich ziemlich entsetzt anstarrte. Wenn ich mich recht entsann, hatte ich noch was von Nachtschicht und Müdigkeit gefaselt. Abgenommen wird sie mir das sicherlich nicht gehabt haben. Ich hatte es jedenfalls geschafft, nach Hause zu kommen und das sogar diesmal recht unversehrt.

Unversehrt war ich jedoch nur äußerlich, denn ansonsten fühlte ich mich vom Kopf bis zum Magen hundeelend. Es dauerte fast eine Stunde, bis ich mich endlich aus dem Bett quälte und unter die Dusche stellte. Ich hoffte voll und ganz auf die revitalisierende Kraft des Wassers. Aber auch das nutzte nichts. Ich zog mich lustlos an und dachte an Marion von gestern Abend.

„So eine blöde Kuh. Lässt mich einfach so da sitzen. Soll sie doch mit ihrer Lesbe glücklich werden", brummte ich vor mich hin. Selbst in einem derart jämmerlichen Zustand, in dem ich mich befand, war ich immer noch so verdammt selbstherrlich. Mir wäre nie in den Sinn gekommen, das ich und mein Getue daran Schuld gewesen sein könnten, dass sie irgendwann kein Gefallen mehr an meiner Gesellschaft fand. Sie war einfach aufgestanden und hatte mich sitzen lassen. Später kam sie noch einmal quer durch die Bar gelaufen, um dann auf Nimmerwiedersehen zu entschwinden. Wahrscheinlich wäre so eine Eroberung an einem Dienstagabend auch zuviel des Guten gewesen. Doch das war nun vorbei und ich stand wieder vor der Leere eines neuen Tages.

Dieser Mittwoch war schlimm. Ich beschloss, mir nichts mehr für heute vorzunehmen und den Tag einzig und allein zur Restaurierung meines Körpers zu nutzen. So könnte ich mich dann am nächsten Tag mit neuem Elan daran machen noch eventuell das Geld aufzutreiben oder zumindest eine alternative Lösung zu finden. Zu meiner Freude stellte ich fest, dass sich noch fünfzehn Mark im Portemonnaie befanden, um mir ein wenig zu essen und zu trinken zu kaufen. Ich lief gemütlich zum benachbarten Supermarkt, kaufte Säfte, Milch und Obst und schlenderte wieder nach Hause. Kurze Zeit später kam auch Udo von der Arbeit zurück. Er hatte noch etwas Gras dabei, welches wir beide rauchten und so den Tag mit THC und vielen Vitaminen ausklingen ließen. Bereits um kurz nach zehn lag ich im Bett und schlief entspannt ein.

6

Meine Gefühlslage war alles andere als ausgeglichen. Zwar waren die körperlichen Ausfallerscheinungen vom Vortag nicht mehr zu spüren, aber dafür machte sich langsam Panik bei mir breit, wie ich morgen zur Zahlung meiner Schulden erscheinen sollte. Es war zehn Uhr morgens und ich saß gerade über meinem zweiten Kaffee und grübelte darüber nach.

Ich rufe Thomas mal an und frage den, ob er mir die Kohle leihen kann, schoss es mir durch den Kopf. Thomas war Betriebswirt und verdiente in seinem Job nicht schlecht. Wenn er mir das Geld borgen könnte, würde ich es in Raten bei ihm abbezahlen und hätte vor allem die zwei Dealer vom Hals. Ich wählte Thomas' Handynummer, und er meldete sich kurz darauf am anderen Ende der Leitung.

„Thomas, ich habe ein großes Problem. Ich muss bis morgen dreitausend Mark zurückzahlen, sonst habe ich mächtig Ärger an den Hacken. Meinst du, du kannst mir da möglicherweise mit einem Kredit behilflich sein?"

Es fiel mir nicht leicht, einem meiner Freunde von der Verschuldung zu erzählen. Ich hasste es, als Verlierer dazustehen. Thomas reagierte jedoch nicht sonderlich überrascht.

„Scheiße. Normalerweise schon, aber ich hatte selber in letzter Zeit so viele Ausgaben, dass ich froh bin, wenn der Monat vorbei ist und ich wieder Gehalt bekomme."
Ein Versuch war es wert. Ich verabschiedete mich von Thomas und meinte, das Geld schon irgendwie

anders aufzutreiben. Nur wie? Ich hatte keine Ahnung.

Nachdem ich auch noch mit großem Bedauern Absagen von zwei weiteren Freunden bekommen hatte, stand ich kurz vorm Verzweifeln. Ich verließ das Haus und fuhr ziellos mit dem Bus in Richtung Innenstadt. Dort kaufte ich mir am Hauptbahnhof eine Dose Bier und hockte mich damit auf eine Bank. Während ich es trank, guckte ich mir all die gescheiterten Existenzen an, die sich rund um den Bahnhof herumtrieben.

„Du bist gerade auf dem besten Wege, auch so zu enden", sagte ich laut zu mir und erschrak darüber, dass ich anfing Selbstgespräche zu führen. Ich stand auf und ging die Mönckebergstraße in Richtung Rathaus herunter, bevor ich auf dem Bahnhofsvorplatz noch in tiefste Depressionen verfallen wäre. Ich lief an den vielen Leuten vorbei, die durch die Innenstadt flanierten und Unmengen an Geld für unnutzes Zeug ausgaben. Es ist der schier endlose Drang zu konsumieren. Wenn man im Wohlstand lebt und bereits alles an Luxusgütern sein Eigen nennen kann, dann müssen neue, andere Waren her. So erklärt es sich auch, dass der erfolgreiche Mensch im Kapitalismus dazu kommt, sein Geld für einen elektrischen Nasenhaartrimmer oder Hausschuhe für den Schoßhund ausgibt. Und während die einen darüber nachdenken, welche Dinge man noch gebrauchen könnte, sitzen die anderen nur wenige Schritte weiter daneben und hoffen, dass vielleicht ein kleiner Brotkrumen als gnädig gereichtes Almosen auch für sie abfällt.

So fiel mein Blick auf einen Bettler, der vor einem Schuhgeschäft Platz genommen hatte. Vor sich hatte er ein kleines Pappschild beschrieben, auf dem stand:

„Hatten Sie Glück? Ich nicht."

Als ich ihn passierte, schaute er mir direkt in die Augen. Neben der Müdigkeit, die er ausstrahlte, glaubte ich noch so etwas wie Hoffnung auszumachen. Doch die konnte ich ihm leider nicht erfüllen. Ich zuckte nur kurz mit den Schultern und wand meinen Blick ab, um daraufhin so den Anschein erwecken zu wollen, mich für die Schuhe in der Auslage des Geschäftes in seinem Rücken zu interessieren. Eine Frau neben mir sagte:

„Warum müssen diese Penner eigentlich immer mitten in der Stadt sitzen. Die versperren einem ja ganz die Sicht beim Schaufensterbummel."

Wieder stieg dieser Hass in mir hoch, der jedoch im Grunde genommen nur überzogener Neid auf diese Leute war. Für viele von ihnen wären Schulden von dreitausend Mark völlig belanglos und würden schnell aus der Portokasse beglichen. Für mich können sie möglicherweise die Existenz gefährdend sein. Doch auf der anderen Seite redete ich mir ein, dass es ein Glück für mich war, nicht schon völlig vom Geld verseucht worden zu sein. Ich meinte, noch einen Blick für soziale Missstände zu haben. Der würde Leute mit zuviel Geld ganz schnell abhanden kommen. Dessen war ich mir sicher. Aber helfen konnte mir das leider nicht.

Am Kiosk auf dem Rathausmarkt kaufte ich mir noch ein Bier und trank auch dieses recht schnell aus. So vertrödelte ich den Nachmittag und machte mich immer mehr mit der Tatsache vertraut, morgen ohne einen Pfennig in der Tasche bei Tribi und Jensen aufzutauchen. Hingehen musste ich zwangsläufig, da es mir gar nichts genutzt hätte, den Beiden aus dem Wege zu gehen. Dafür würden ansonsten die Beiden schon sorgen. Es dürfte keine große Anstrengung bedeuten, mich in Hamburg ausfindig zu machen. Und in eine andere Stadt abzutauchen erschien mir bei der Höhe meiner Schulden nicht angemessen. Es würde bestimmt nicht lange dauern, dann hätten sich unsere

Pfade schon gekreuzt. Ich hoffte, dass Tribi und Jensen schon Verständnis für meine Situation aufbringen und mir Aufschub gewähren würden. Richtig überzeugt war ich davon allerdings nicht. Doch zuerst einmal galt es, den angebrochenen Tag irgendwie zu Ende zu bringen.

Gegen sechs Uhr fuhr ich vom Rathausmarkt mit der U-Bahn weiter nach St. Pauli und besuchte dort Matze, der es sich gerade mit seinem ersten Bier bequem gemacht hatte. Ich setzte mich zu Matze auf die Couch und machte mir auch eins auf. Wir hörten laute Musik, diskutierten über diverse Bands und tranken immer mehr Bier. Während der ganzen Zeit versuchte ich, so wenig wie möglich an die Abreibung zu denken, die mich morgen bei Tribi und Jensen erwarten würde.

Dafür dass Matze selten Geldprobleme hatte, sah seine Wohnung mehr als bescheiden aus. Zwei Zimmer hatte er an zwei Bekannte untervermietet und das dritte und größte für sich behalten. Es war sehr spärlich eingerichtet. Außer der umfangreichen Schallplattensammlung beinhaltete es nicht viel Wertvolles oder Ansehnliches. Die mit Heftzwecken aufgehängten alten Bravo-Poster von Blondie und den Sex Pistols ließen hier eher das Zimmer eines Teenagers als das eines dreißigjährigen Mannes vermuten. Auch seine alte, durchgelegene Matratze in der einen Zimmerecke machte den Eindruck, dass ihr Besitzer nicht viel Wert auf eine schicke Wohnungseinrichtung legte. Auf dem Couchtisch, der vor uns stand, türmte sich gebrauchtes Geschirr, was schreiend darauf wartete, in die Küche getragen und abgewaschen zu werden. Doch diese Schreie schien Matze nicht zu hören. Ihm reichte es vollkommen aus, wenn er noch ein sauberes Glas im Regal fand und die Spiegelkachel, auf dem er sein Kokain kleinhackte und in nasengerechte Lines portionierte, glatt und fettfrei war. Der übrige Dreck und die allgegenwärtige Unordnung tangierten ihn ansonsten nicht im Geringsten. Dennoch oder gerade deswegen fühlte ich mich bei Matze stets wohl.

„Was hältst du denn von einer kleinen Erfrischung", erkundigte sich Matze bei mir.

„An sich viel, aber ich habe kein Geld mehr in der Tasche. Und ich möchte mich ungern schon wieder von dir aushalten lassen."

Letzteren Satz sprach ich dabei ohne große Gewichtung aus, denn eigentlich hätte ich mich gerne noch mal aushalten lassen.

„Kein Problem, so ein bisschen werde ich für dich wohl noch abtreten können."

Matze sagte es und fing derweil an, auf der Spiegelkachel vor uns ein Häufchen Kokain mit einer Rasierklinge fein zu hacken. Der Wahnsinn nahm also wieder seinen Lauf.

7

Meine Hände waren eiskalt und dennoch nassgeschwitzt. An der kommenden Haltestelle musste ich aussteigen und den restlichen Weg bis zur Wohnung von Tribi zu Fuß zurücklegen. Es gab jetzt kein zurück mehr. Wenn ich großes Glück hätte und die beiden auf dem richtigen Bein erwischte, gäben sie mir eventuell noch etwas Aufschub. Aber soweit ich Tribi und Jensen kennen gelernt hatte, verstanden sie nur äußerst selten Spaß in Geldangelegenheiten.

Ich stieg aus dem Bus und hing mir meine Jacke über die Schulter. Es war für einen Maiabend bereits ausgesprochen sommerlich und warm. Meine Armbanduhr zeigte auf zehn vor acht, ich lag also gut in der Zeit und würde wenigstens, wenn auch ohne das Geld, pünktlich erscheinen. Das, so hoffte ich, würde Courage beweisen. Vielleicht würde ich die beiden damit in irgendeiner Form beeindrucken. Richtig daran glauben tat ich nicht.

Warum musste ich gestern Abend nur wieder so durchdrehen? Anstatt mir Gedanken darüber zu machen, wie ich mich mit Tribi und Jensen arrangieren könnte, pumpte ich mich erneut nur mit Alkohol und Kokain voll. Zu späterer Stunde hatte sich noch Klaus zu Matze und mir gesellt. Als wir drei alle genug intus hatten, gingen wir mal wieder ins Point One. Marion, die Frau vom letzten mal, war nicht da, dafür aber Dungo, der mich freundlich darauf aufmerksam machte, noch fünfzig Mark von mir zu bekommen. Ich hatte lachen müssen. Wie niedlich erschien mir in diesem Moment Dungo mit seinen noch zu bekommenden fünfzig Mark. Ab und an traf ich mich mit Dungo, einem alten Freund aus Westfalen, der zur gleichen Zeit nach Hamburg emigrierte wie ich, um gemeinsam mit ihm eine Tour durch die einschlägigen Kiez-Bars zu unternehmen. Bei der letzten war ich schon vor Beginn unseres Abends mittellos und borgte mir die fünfzig Mark, die Dungo nun von mir wieder haben wollte. Ich hatte Dungo daraufhin versichert, dass er das Geld umgehend zurückerhalten würde, wenn ich wieder flüssig wäre. Wann das jedoch soweit sein würde, stand noch in den Sternen. Dungo konnte ja nicht ahnen, dass mich derweil ganz andere Schulden zu erdrücken drohten. „Kein Problem, machen wir das halt nächsten Monat", gab mir Dungo noch großzügig und freundschaftlich zu verstehen. Warum waren Tribi und Jensen nicht so verständnisvolle Menschen?

Jetzt war ich in der Zwischenzeit bei dem Haus angelangt, in dem Tribi lebte. Nervös kaute ich auf meiner Unterlippe. Die Eingangstür stand wie immer offen und ich betrat den Hausflur. Es war ein wenig stickig und Licht schien nur sehr wenig in das dreckige Treppenhaus. Das Haus machte einen ähnlichen Eindruck wie das, in dem Matze lebte. Allerdings befand ich mich nun in Eppendorf, dem Stadtteil von Hamburg, wo man Scampi anstelle von Krabben isst und den Hairstylisten statt des Frisörs aufsucht. Doch dieses Haus hier gehörte sicherlich zu den heruntergekommensten des Viertels.

Während ich mich an das Dunkel gewöhnte und die erste Stufen nach oben nahm, stürzte ein recht junger Mann in schwarzen Lederklamotten an mir vorbei zur Haustür hinaus. Ich wunderte mich kurz über ihn, da ich das Gefühl hatte, dass er mich überhaupt nicht wahrgenommen hatte, obwohl er mich fast über den Haufen gerannt hätte. Aber das war gerade wahrlich nicht mein Problem. Unten am Fuße der Treppe blieb dieser dann jedoch stehen, drehte sich um und musterte mich kurz. Dann war er verschwunden. Er sah ungepflegt aus. Seine schwarzen Haare hingen ihm fettig in die Stirn, und auch seine blasse Haut sah alles andere als sauber und rein aus. Mir kam der junge Iggy Pop in den Sinn. An diesen erinnerte mich der Typ. Sein Blick hatte etwas hypnotisches an sich gehabt. Die tiefliegenden dunklen Augen, mit denen er mich kurz anschaute, hatten etwas unheimliches.

Warum hatte er mich so angestarrt? Sah man mir meine Angst etwa schon im Vorbeilaufen an? Ich stieg bis in den zweiten Stock hoch und verharrte vor der Wohnungstür. Zu meinem Erstaunen stand diese sperrangelweit auf. In der Wohnung schien alles ruhig zu sein. Ich zögerte. Nach kurzem Überlegen klopfte ich an den Türrahmen. Es passierte nichts.

„Hallo", rief ich halblaut ins Innere.

Langsam wurde ich stutzig. Normalerweise hatte Tribi die Wohnung voller Drogen und es lag ihm nichts ferner, als dass jeder Dahergelaufene einfach bei ihm hereinspazieren konnte. Vorsichtig trat ich ein.

Ich schaute den Korridor bis in die Küche runter, konnte aber niemanden sehen. Die Wohnung war aufgeräumt und sauber. Von irgendwo her hörte ich das leise Ticken einer Wanduhr. Die Situation wurde mir immer unangenehmer. Plötzlich vernahm ich aus dem Wohnzimmer ein leises Geräusch. Möglicherweise ein Räuspern oder Schluchzen. Mein Herz pochte inzwischen so stark, dass ich den Herzschlag bis in jedes Glied spürte. Meine Nerven standen kurz vorm Zerreißen. Gespannt wie ein Flitzebogen näherte ich mich. Langsam stieß ich die Zimmertür auf und guckte hinein. Vor mir auf dem roten Teppichboden lagen blutüberströmt Tribi und Jensen.

„Scheiße", rutschte es mir leise heraus.

Im nächsten Augenblick verspürte ich einen dumpfen Schlag auf den Kopf und fiel vorne über.

8

Als ich wieder zu mir kam, lag ich neben Tribi und Jensen auf dem Boden. Ich wollte mich aufrichten, war aber von dem Schlag noch wie betäubt. Mein Schädel dröhnte. Auch die übrigen Knochen machten den Eindruck, ordentlich durch die Mangel gedreht worden zu sein. Ich hatte das Gefühl, überhaupt kein Blut mehr in den Gliedern zu haben. Doch beim Versuch, den linken Arm, auf dem ich lag, unter meiner Brust hervorzuziehen, spürte ich, wie es zurückströmte. Erst nach einiger Zeit gelang es mir, den Kopf zu drehen. Ich sah noch alles verschwommen. Wie durch einen milchigen Schleier guckend versuchte ich, etwas zu erkennen. Auf dem Sessel hinter mir saß eine junge Frau mit einem Baseballschläger in der Hand, die mich ängstlich ansah.

„Gehörst du auch zu denen", wollte sie von mir wissen, und hob drohend die Keule. In meinem Kopf drehte sich alles. Aber ich realisierte, dass mir diese Frau vollkommen unbekannt war. Sie hatte ungefähr mein Alter, kurze gefärbte Haare und eine schlanke, große Figur.

„Zu wem?"

Sie schwieg. Langsam konnte ich meine Gedanken ordnen und wurde wieder klarer.

„Was ist hier los? Was ist mit Tribi und Jensen passiert? Und warum schlägst du mich k.o.?"

Die junge Frau schaute mich immer noch verängstigt an. Ich stand benommen auf und setzte mich neben sie auf den dort stehenden Hocker. Sie wich verstört zurück und hob wieder drohend die Keule in meine Richtung. „Nun sag doch endlich, was hier los war. Ich bin ein Kollege von den Beiden." Sie starrte mich geistesabwesend an.

„Ich tue dir schon nichts. Dafür brauchst du mich auch nicht niederzuschlagen. Wir kennen uns doch gar nicht. Sehe ich so gefährlich aus?"

Das Eis war gebrochen. Ich merkte, wie Leben zurück in ihr bleiches Gesicht kam. Zitternd fing sie an zu sprechen.

„Ich habe keine Ahnung. Ich war unten im Baluga und lernte dort Jensen kennen. Wir kamen ins Gespräch und er lud mich auf einen Joint zu sich nach oben in die Wohnung ein. Dort war auch dieser andere Typ hier und wir rauchten zusammen etwas Shit. Es war alles ganz ungezwungen und locker. Plötzlich klingelte es an der Tür und dieser andere Typ hier machte auf." Sie kam ins Stocken.

„Als er wenige Sekunden rückwärts wieder ins Zimmer kam, hielt ihm jemand eine Pistole unter die Nase. Der Typ und Jensen versuchten beruhigend auf den Kerl mit der Knarre einzureden, der ließ sich aber nicht beirren. Er faselte immer etwas von schlechten Drogen, und dass er abgezogen worden sei. Irgendwie eskalierte es plötzlich und er ballerte wild los. Es ging alles so schnell. Dann verschwand er einfach so. Ich traute mich gar nicht, die Augen wieder zu öffnen."

„Und dann schlägst du mich einfach so k.o.?"

„Aber ich dachte doch, der Typ mit der Pistole wäre wiedergekommen, weil er keine Zeugen zurücklassen wollte."

„Sind die beiden denn tot?"

„Ich glaube schon."

Ich beugte mich zu Tribi rüber und horchte an seinem Herzen. Nichts. Auch Jensen lag leblos daneben. Aus einer klaffenden Kopfwunde lief immer noch Blut auf den Fußboden. Noch nie hatte ich einen Toten leibhaftig zu Gesicht bekommen. Daher war ich mir in diesem Moment auch nicht wirklich sicher, ob die beiden nicht doch noch leben würden. Woher sollte ich mir sicher sein? Wie erkennt man einen Toten? Manchmal erwachen ja auch Menschen wieder, deren Herz nicht mehr schlug. Im Fernsehen, klar, da wird man tagtäglich mit ganzen Armeen von Leichen konfrontiert. Aber in Natura war es eine neue Erfahrung für mich, auf die ich bisher gut hatte verzichten können. Mir wurde übel und ich wand mich ab.

„Was machen wir denn jetzt?"

Die junge Frau wirkte noch hilfloser, als ich mir vorkam. Ich stand auf und schaute mich im Zimmer um. Mal von den beiden Toten Dealern abgesehen, sah das Zimmer aus wie immer. Der Fernseher war eingeschaltet und nur der Ton abgedreht, die Vorhänge geschlossen und der Fußboden aufgeräumt. Auf dem Couchtisch standen diverse Bier- und Sprudelflaschen, eine Wasserpfeife, ein Aschenbecher und eine Schale mit Erdnüssen. Mein Blick fiel auf eine rote Sporttasche, die halb geöffnet neben dem Tisch lag. In dieser Tasche, so wusste ich von meinen vorherigen Besuchen, bewahrte Tribi oft sein Kokain auf. Als ich hinein sah, bekam ich die Bestätigung. Die Tasche war gefüllt mit Frischhaltebeuteln voller Kokain. Hatte der Typ, der die beiden über den Haufen geschossen hatte, das nicht gesehen? Wieso lag hier einfach soviel Koks herum? Ich konnte mir keinen Reim darauf machen.

„Wir müssen hier weg, bevor der Kerl wirklich zurückkommt, oder die Bullen hier auftauchen", sagte ich. Schnell hatte ich mir die Tasche an die eine und die Frau an die andere Hand genommen und verließ die Wohnung. Sie folgte mir sofort. Es blieb ihr ja auch nicht viel anderes übrig. Was sollte ich jetzt tun?

Second verse same as the first

"Meinst du, wir können das Zeug irgendwo verkaufen?"

"Nein, das hauen wir uns alles selber rein" antwortete ich Susi scherzhaft.

Wir saßen beim Frühstück und betrachteten diese Unmengen an Koks, die vor uns in der Tasche lagen. Der Anblick gefiel mir. Butter, Wurst, Brot und Koks auf dem Tisch, so ließ ich mir ein Frühstück schmecken. Vor allen Dingen, da das Koks in einer für mich bislang unglaublich großen Menge vorhanden war. Mein Goldfisch schwamm munter in seinem Glas umher. Er schien sich wohl zu fühlen. Als wir damit gestern bei Tribi verschwunden waren, sind wir direkt zu mir nach Hause gefahren und haben uns betrunken. Ich war überrascht, eine Begleiterin gefunden zu haben, die sich genauso schnell und konzeptlos betrinken konnte wie ich. An der benachbarten Tankstelle hatten wir Bier und Jägermeister in größeren Mengen gekauft. Zum Glück hatte Susi genügend Geld dabei. Bei mir sah es ja immer noch mehr als jämmerlich im Portemonnaie aus. Zwar hatte ich jetzt eine Tasche voll Kokain, aber kein Bargeld. Doch damit konnte ja Susi dienen. Ich fand, wir ergänzten uns prächtig.

Der Name Susi passte zu meiner Begleiterin. Sie war groß, schlank und sah mit ihren kurzen, grüngefärbten Haaren ziemlich wild, aber auch unheimlich süß aus. Eigentlich nicht gerade der Umgang, den Tribi und Jensen ansonsten so pflegten. Sie stellte sich, nachdem sie den ersten Schock überwunden hatte, als sehr sympathische und clevere Zeitgenossin heraus. Dass sie bei Typen wie Tribi und Jensen in der Wohnung herum gegammelt hatte, war wohl eher zufälliger Natur. Ich bescheinigte ihr schnell ein wesentlich höheres Niveau. Sie gefiel mir. Schon gestern Abend in der U-Bahn auf dem Weg zu mir nach Hause, weckte sie mein Interesse, und gab mich ersten Phantasien hin. Ihre Beine schienen niemals enden zu wollen, ihr voller, roter Schmollmund lud geradezu zum Küssen ein und die sich unter dem T-Shirt abzeichnenden festen, wohl proportionierten Brüste ließen mich fast schwach werden. Bei mir zu Hause tranken und quatschten wir stundenlang bis spät in die Nacht, vornehmlich jedoch albernes und belangloses Zeug. So ließ sich das Vorangegangene am besten verdrängen. Wir mussten uns ablenken. Keiner von uns beiden verspürte große Lust, sich die beiden toten Dealer wieder vor Augen zu führen. Ich bot ihr an, bei mir zu nächtigen, und sie nahm das Angebot bereitwillig an.

Ich wurde ein wenig nervös. Schon seit mehreren Monaten hatte keine Frau mehr bei mir geschlafen. Endlich war es mal wieder soweit. Der Tag war aber mehr als aufregend und verwirrend gewesen, als dass ich in der Nacht irgendwelche Annäherungsversuche unternommen hätte. Zwar spielte ich irgendwann in der Nacht, als ich von einem Krankenwagen, der am Haus vorbeifuhr, geweckt wurde, noch mit dem Gedanken, war aber später froh, es mir verkniffen zu haben.

Auch jetzt am Morgen nach der Ermordung meiner beiden Gläubiger hatte ich die Situation noch nicht richtig verarbeitet. Einerseits war ich natürlich froh, dass ich meine Schulden los war, andererseits waren das zwei Bekannte von mir, die da gestern erschossen wurden. Wahrlich keine guten Freunde oder gar Jungs, mit denen ich Pferde stehlen würde, aber wann wollte ich bisher in meinem Leben schon einmal Pferde stehlen. Allerdings waren die beiden Vögel auch keine Schauspieler im Film oder anonyme Namen in der Zeitung, sondern junge Männer, mit denen ich mich unterhalten, Bier getrunken und gelacht hatte. Und genau diese sind nun Opfer eines brutalen Kapitalverbrechens geworden. Wie oft sie zuvor selber als Täter in Aktion traten, tat dabei für mich jetzt nicht zur Sache. Tribi und Jensen waren Ganoven, das stand von dem Augenblick an fest, als ich sie kennen lernte. Klar, die machten ihre Geschäfte, aber damit hatte ich doch nichts am Hut. Am gestrigen Abend fand ich jedoch ihre bluttriefenden Leichen auf grauer Auslegeware vor. Mit so etwas war ich in meinem bisherigen Leben noch nicht konfrontiert worden.

"Hoffentlich hat uns keiner beim Verlassen der Wohnung gesehen. Nicht dass wir noch unter Mordverdacht geraten. Das würde mir jetzt auch noch fehlen."

"Susi, mach dir mal nicht zu große Sorgen. Ich glaube nicht, dass wir mit dieser Sache noch was zu tun haben. Du sagst doch auch, der Typ, der Tribi und Jensen erschossen hat, hätte dich gar nicht wahrgenommen."

"Und wenn er sich doch an mich erinnert? Ich bin schließlich eine unangenehme Zeugin."

"Ach, von dem wirst du bestimmt nichts mehr hören und sehen." So ganz glaubte ich jedoch auch nicht an meine Worte. Dennoch hoffte ich, es würde Susi wenigstens ein bisschen beruhigen.

„Du hast mir auch noch gar nicht erzählt, wie er aussah."

Susi stutzte kurz.

„Irgendwie kann ich mich nur an seinen Arm und die Pistole in der Hand erinnern. Er trug schwarzes Leder und war kreidebleich. Aber sein Gesicht sehe ich überhaupt nicht mehr vor mir. Ich glaube, er hatte schwarze Haare."

Jetzt musste ich schlucken. Plötzlich war mir klar, dass der Iggy-Pop-Verschnitt, der mir bei Tribi und Jensen im Treppenhaus entgegenkam und mich entgeistert anstarrte, scheinbar ihr Mörder war. Deswegen mag er mich auch so irritiert gemustert haben. Somit war Susi nicht unbedingt die einzige lästige Augenzeugin.

Während wir weiter frühstückten, versuchten wir das Thema auszusparen. Statt dessen versuchten wir beide, den anderen auszuhorchen. Vergangene Beziehungen, bevorzugte Musik, zurückliegende Jobs, abgebrochene Studiengänge, Freunde, gemeinsame entfernte Bekannte. Wir sparten nichts aus. Ich glaubte, auch bei Susi ein wenig Interesse geweckt zu haben. So gab ich mich von meiner charmantesten Seite. Die Schulden, die ich eigentlich noch offen gehabt hätte, verschwieg ich dabei aus diesem Grunde dezent. Ich verschwieg meine Arbeits- und Orientierungslosigkeit. Statt dessen erzählte ich etwas von Neustart und Weiterentwicklung. Wenn ich wollte, konnte ich das Blaue vom Himmel lügen und dadurch ein Bild von mir vermitteln, als gäbe es wohl kaum einen besseren Menschen als mich.

Auch Susi erzählte viel von sich. Vor rund vier Jahren sei sie aus Münster nach Hamburg gezogen. Hier arbeitete sie nun, nachdem sie ihre Ausbildung beendet hatte, als Dolmetscherin. Ihre Wohnung, die sie sich mit ihrem Bruder teilte, läge direkt in St. Pauli, und sie könnte sich auch keine andere Wohngegend mehr vorstellen. Auch ich fand, sie passte auf den Kiez. Obwohl sie, genau wie ich, aus der Provinz zugezogen und mit allem anderen in Verbindung zu bringen war, als mit den üblichen Kiezklischees von Nutten, Drogen, Waffen und Zuhälterei, strahlte sie eine enorme Selbstsicherheit und Abgeklärtheit aus. So, genau so, stellte ich mir stets die Frau vor, in die ich mich richtig verlieben könnte. Ich musste also darauf achten, zumindest zu Anfang, die nötige Distanz zu wahren. Ich hatte es mir zur Regel gemacht, neuen Bekanntschaften zu Anfang skeptisch gegenüber zu stehen. Schließlich wollte nicht ich es sein, der genügend Angriffsfläche bieten würde. Dafür hatte ich schon zu viele negative Erfahrungen in meinen vorangegangenen Beziehungen gesammelt. Trotz allen Charmes blieb ich reserviert. Ich ließ zwar an manchen Stellen ein klein wenig aufblitzen, dass sie mir gefiel, beließ es aber bei Andeutungen.

Nachdem ich Susi verabschiedet und mich mit ihr für den Abend verabredet hatte, rief ich bei Matze an. Ich erhoffte von dem Telefonat, dass mir Matze, der solche Extremsituationen schon des Öfteren durchlebt hatte, mit Rat und Tat zur Seite stehen könnte. Ich schilderte Matze den gestrigen Abend und ließ dabei nichts aus. Matze hörte sich alles an, wirkte jedoch ziemlich reserviert und nicht gerade hilfsbereit. Aber so kannte ich ihn. Je nach Laune konnte man ihm kaum eine positive Reaktion entlocken. Doch wenn es drauf ankam, konnte man sich dennoch auf ihn verlassen, auch wenn an den meisten Tagen das Gegenteil der Fall war. Allerdings wusste ich genau, wie ich ihn knacken konnte. Als ich die Sporttasche mit dem Kokain erwähnte, wurde Matze am anderen Ende der Leitung sofort munter.

"Wenn du nicht weißt, wie du das Zeug loswerden sollst, kann ich dir helfen. Nicht dass ich irgend etwas mit derart großen Mengen Koks zu schaffen hätte, aber in solchen Notfällen kenne ich vielleicht doch den ein oder anderen, der dir da unter die Arme greifen könnte."

Damit hatte Matze Recht, und ich war davon überzeugt, dass es das Richtige gewesen war, ihn mit dem Kokainverkauf zu beauftragen. Wenn wir Kokain dabei hatten, war es immer Matze gewesen, der es uns besorgt hatte. Dieser zwar eher klein gewachsene, dafür aber umso stämmigere Kerl kannte die halbe Unterwelt Hamburgs und war vor allem ihr Geschäftspartner. Ich selber hätte überhaupt nicht die Beziehungen gehabt, irgendjemanden zu finden, der mir eine solche Menge an Kokain abnehmen würde. Doch während ich noch mit Matze telefonierte, bekam ich erste Skrupel und Zweifel.

"Vielleicht sollte ich das Zeug aber auch einfach nur wieder abgeben. Wer weiß, welchen Ärger ich da noch bekommen kann."

Matze wollte so etwas nicht hören. Wahrscheinlich witterte er bereits eine größere Verkaufsprovision, die er sich nicht mehr durch die Lappen gehen lassen wollte.

"Wem willst du das denn bitte schön zurückgeben? Tribi und Jensen sind doch mausetot. Und den Typen, der sie abgeknallt hat, willst du doch wahrscheinlich nicht suchen gehen, oder?"

Natürlich wollte ich nicht. Wer bereits zwei Menschen auf dem Gewissen hatte, schreckte sicher auch nicht davor zurück, einen oder zwei lästige Zeugen mehr über den Jordan zu schicken. Doch Matze beruhigte mich. Ich sollte die Tasche verstecken und mich so verhalten, als wenn nichts passiert wäre. Auf jeden Fall sollte ich nicht abends in irgendwelchen Bars den Dicken spielen, weil ich die Taschen voller Koks hätte. Das wäre zu auffällig. Matze hatte manchmal aber auch Vorstellungen. Als wenn ich nichts besseres zu tun gehabt hätte, als mit einer Tasche voller Marschpulver über den Kiez zu laufen und es möglichst vielen unter die Nase zu halten. Aber vielleicht kannte Matze mich und mein überzogenes Ego einfach nur besser, als ich dachte. Wenn auch zuerst nur halbherzig nahm ich mir den Rat zu Herzen. In der Zwischenzeit würde er sich um einen Abnehmer kümmern. Details wollte ich erst gar nicht erfahren. Das war jetzt Matzes Angelegenheit. Am morgigen Sonntagnachmittag wollte er dann bei mir vorbeikommen und alles weitere mit mir besprechen.

Nachdem ich den restlichen Tag mehr oder weniger auf dem heimischen Sofa verschlafen hatte, traf ich mich gegen zehn Uhr mit Susi im Jungbrunnen, einer Kneipe in der Gerhardstraße - zwischen Reeperbahn und Waterkant. Ich freute mich richtig darauf, sie wiederzusehen. Seit längerem gab ich mir mal wieder Mühe bei meinem optischen Erscheinungsbild. Ich duschte, rasierte mich und wählte diesmal meine Garderobe sorgfältig aus. Die Entscheidung hierbei fiel auf meine einzig heile Jeans, ein schwarzes Polohemd, flache, schwarze Stoffturnschuhe und meine unverzichtbare Lederjacke. Ein letzter Blick in den Spiegel und ich war mir sicher, mich in diesem Outfit gut sehen lassen zu können. Bevor ich mich auf den Weg machte, griff ich noch in die Sporttasche und füllte mir ein Häufchen Kokain in ein Papierbriefchen ab, welches ich ins Portemonnaie steckte. Mann konnte ja nie wissen.

Als ich im Jungbrunnen ankam, war Susi noch nicht da. Generell war noch nicht viel los. Es befanden sich gerade mal zehn Leute in der Kneipe. Ich nahm an einem der hinteren Tische Platz und orderte mir ein Pils. Plötzlich erschien mir mein Leben nicht mehr so aussichtslos. Meine Schulden war ich unerwarteter Weise los und eine nette Frau hatte ich auch kennen gelernt, der ich heute Abend mein ganzes Augenmerk widmen wollte. Das Pils schmeckte gut. Ich trank es halb aus und ging zur Toilette, wo ich mir auf den Spülkasten einer Toilette eine große Line Kokain legte, die ich auf beide Nasenlöcher verteilt hochzog. Ich betätigte die Klospülung, verließ die Toilette und setzte mich wieder an den Tisch zu meinem Bier. Die zuvor zaghaft aufgetauchten Euphorien verstärkten sich dank der Line ums Vielfache. Die Welt war eigentlich doch ganz einfach strukturiert, und ich war einer der wenigen, die diese Struktur voll und ganz durchschaut hatten.

Kurze Zeit später tauchte auch Susi auf. Sie sah heute noch besser aus, als am Abend zuvor, wo ich sie unter diesen merkwürdigen Umständen getroffen hatte. Die Röhrenjeans und das hautenge schwarze T-Shirt brachten ihre perfekte Figur noch besser zum Ausdruck. Sie strahlte über das ganze Gesicht. Anscheinend hatte sich ihre Laune seit dem Frühstück rapide verbessert. Nicht nur ich schien mich auf dieses Date also gefreut zu haben. Sollte es in meinem Leben tatsächlich wieder etwas aufwärts gehen? Oder verschleierte das Koks meinen Sinn für die Realität?

Ich spendierte ihr einen Tequila Sunrise, und sie setzte sich zu mir an den Tisch.

"Na Mister Großdealer, schon gute Geschäfte getätigt", fragte sie mich mit einem Grinsen im Gesicht, welches die Ironie in dieser Frage nur noch unterstrich.

Überhaupt ihr Lachen. Bereits am Morgen hatte mich dieser, wenn da auch noch etwas verschlafen wirkende, Anblick fasziniert. Wenn sie lächelte, so hatte ich das Gefühl, konnte ich mich voll und ganz in ihren weichen Gesichtszügen verlieren. Trotz ihrer vollen Wangen besaß sie kein Puppengesicht. Dazu erschien mir ihr Blick zu entschlossen. Ich konnte mich einfach nicht an ihr satt sehen. Warum war mir diese Frau noch nicht vorher in Hamburg begegnet? Wahrscheinlich bedurfte es erst einer solchen Ausnahmesituation, bis auch ich mal die passende Frau treffen würde.

"Bisher noch nicht, aber so wie es aussieht, kommt die Sache morgen nachmittag ins Rollen. Ich habe da einen Freund, der sich mit solchen Sachen besser auskennt als ich. Der kommt morgen bei mir vorbei und wir werden uns dann mal überlegen, wie wir weiter vorgehen werden. Aber vielleicht willst du ja erst mal von dem probieren, was ich mir so ins Haus geholt habe."

Ich drückte ihr unauffällig das Papierbriefchen in die Hand. Sie lächelte wieder, steckte es ein und sagte:

"Na, da will ich doch mal sehen, ob sich die ganze Aufregung wenigstens ein klein bisschen gelohnt hat."

Susi verschwand nun ebenfalls auf der Toilette.

Als wir aus Hannas Bar kamen, stand die Sonne bereits hoch über den Dächern des Hamburger Bergs. Hannas Bar war die sechste Anlaufstelle unserer gemeinsamen Kneipentour. Susi hatte sich bei mir untergehakt, und erst jetzt fiel mir auf, dass ich nicht der einzige von uns beiden war, dem die unzähligen Drinks in den verschiedenen Läden kräftig zugesetzt hatten.

"Lass uns Brötchen kaufen und noch zusammen bei mir frühstücken", lallte sie mir ins Ohr.

Doch es war kein unangenehmes Lallen. Im Gegenteil, bei Susi klang es fast melodiös und ganz und gar liebenswert.

"Da sage ich doch nicht nein. Wann werde ich schon mal von so einer bezaubernden Frau eingeladen."

"Halt die Klappe, du Schleimscheißer. Du kannst zu mir zwar charmant und nett sein, aber nicht schleimig. So sind die Spielregeln, mein Freund."

Ich nickte zustimmend und kniff ihr in die Seite.

"OK, ich kann auch anders, wenn du willst, du dumme Kuh."

Sie lachte gespielt empört und versuchte mir ein Bein zu stellen.

"Na, na, na Mädchen, so haben wir aber nicht gewettet."

Ich schnappte sie mir und zog sie an mich. Während wir beide laut lachten, trafen sich unsere Blicke und wir schauten uns tief in unsere drogendurchtränkten, versoffenen Augen. Nun konnte ich nicht mehr anders, der kleine Belzebub in meinem Hirn hatte gesiegt, und küsste sie vorsichtig und zaghaft auf den Mund. Zu meiner Erleichterung, zumindest meinte ich in meinem dichten Zustand so etwas zu empfinden, reagierte sie positiv und erwiderte den Kuss. Wir küssten uns immer wilder, und als ich fast das Gefühl bekam, dieser Kuss würde niemals enden, riss sie sich mit den Worten los:

"Ich habe jetzt Hunger. Also, lass uns Brötchen holen."

Ich nahm sie bei der Hand und schlenderte mit ihr in Richtung Neuer Pferdemarkt, wo ich eine geöffnete Bäckerei erhoffte. Unterwegs unterhielten wir uns über die vergangenen Stunden und amüsierten uns dabei bestens. Schnell stellte ich fest, dass Susi Leuten ähnlich gegenüber trat wie ich und sich unsere Meinungen zu verschiedenen Nachtschwärmern, die wir trafen, oft ähnelten. Sie beobachtete ihre Umwelt genau. Kleinigkeiten, die vielen Menschen gar nicht erst auffallen, aber gerade dadurch um so amüsanter erscheinen und das Leben ein bisschen unterhaltsamer gestalten. Auf so etwas achtete sie. Wenn sie mich auf etwas aufmerksam machte, wusste ich sofort, was sie meinte. Keine Unart unserer Mitmenschen entging uns. Auch jetzt, als wir gemeinsam die Nacht Revue passieren ließen, fiel es uns wieder auf.

Tatsächlich wurden wir auf unserer Suche nach Backwerk fündig, und ich war einmal mehr froh, in einer Großstadt wie Hamburg zu leben, wo man auch am frühen Sonntagmorgen frische Brötchen bekommt. In meiner Heimatgemeinde wäre es früher undenkbar gewesen, den Dorfbäcker am heiligen Sonntag in die Backstube zu stecken. An diesem Tag traf man ihn stattdessen zuerst in der Kirche und anschließend auf dem Sportplatz an. Dort hatte so etwas noch Tradition. Dort, wo Sportvereine und Kirchengemeinden noch ihrer Verantwortung als soziale Knotenpunkte nachkamen. Bist du in keinem Sportverein und gehst nicht regelmäßig in den Gottesdienst, wirst du im Dorf ziemlich auf dich alleine gestellt sein. In der Anonymität Hamburgs blieben solche Gesellschaftsprinzipien auf der Strecke. Hier kann also auch ein Bäcker am Sonntagvormittag arbeiten. Das erschien mir jetzt gerade zumindest gerecht. Ehe ich mich versah, saß ich bereits bei Susi am Küchentisch und der Duft von frischem Kaffee und warmen Brötchen drang mir in die vom Koks verkrustete Nase.

Nach dem Frühstück machten wir es uns auf ihrem Futon bequem.

"Wie wäre es jetzt mit einem kleinen Tütchen", wollte Susi von mir wissen.

"Bei soviel Kokain am Abend brauche ich jetzt wohl was zum runter kommen. Sonst kann ich überhaupt nie mehr einschlafen. Ich baue uns mal einen kleinen Joint."

Ihre direkte, offene Art gefiel mir. Mit diesem Vorschlag sprach sie mir zudem aus tiefstem Herzen. Auch ich war durch das Kokain noch derart aufgedreht, dass es mir kaum gelang, ruhig sitzen zu bleiben. Mein Herz raste. Ich wusste schon gar nicht mehr, wie oft ich mir am Abend eine Line weggezogen hatte. Auf jeden Fall habe ich im Laufe der Nacht zahlreiche Spülkästen auf einigen Kieztoiletten kennen gelernt. Wir rauchten zusammen den Joint, den sie gebaut hatte. Meine Augenlider wurden schlagartig schwer wie Blei und es machte immer mehr Mühe, mich auf das zu konzentrieren, was Susi mir erzählte. Zu sehr übermannte mich jetzt die Müdigkeit. Eine andere Wirkung hinterließ das Hasch merklich nicht mehr bei mir. So bekam ich nur noch verschwommen mit, wie mir Susi einen Schlafsack zuwarf, mit dem ich mich zudeckte. Ich hatte dabei das Gefühl, mich selbst in einem Slow-Motion-Film zu beobachten. Es war ein merkwürdiges, fast schon hilfloses Gefühl, welches erst ein wenig nachließ, als ich mich gerade ausgestreckt auf den Rücken gelegt hatte. Danach muss ich sofort eingeschlafen sein.

- 2 -

Als ich erwachte, fiel mein Blick direkt auf einen Radiowecker neben meinem Nachtlager, welcher bereits die späten Mittagsstunden anzeigte. Gleich wollte doch Matze vorbeikommen, schoss es mir durch den Kopf. Ohne großartig über meine körperliche Verfassung nachzudenken, stand ich auf und zog mir Hose und Hemd an. Immerhin hatte ich mich soweit noch ausgezogen. Zwei Meter neben mir auf einem großen Futon schlief Susi. Auch im Schlaf sah sie entzückend aus. Ich stupste sie vorsichtig an, um ihr mitzuteilen, dass ich dringend nach Hause müsste. Einfach so aus dem Staub machen wollte ich mich nicht. Schließlich hatte ich weiterhin großes Interesse an Susi und wollte sie so schnell wie möglich wiedersehen. Nach wenigen Momenten öffnete sie einen spaltbreit ihre Augen. Ich sagte ihr, mich später zu melden, sobald ich die Sachen mit Matze geklärt hätte. Susi nickte kurz und war direkt wieder eingeschlafen. Ihr schien die zurückliegende Nacht doch mehr in den Knochen zu stecken.

Erst jetzt bemerkte ich, dass es mir den Umständen entsprechend viel zu gut ging. Wo war der schreiende Kopfschmerz, die deprimierende tiefe Leere in meinem Inneren, die nach durchgekoksten Nächten eigentlich unvermeidlich auftaucht? Mein Magen meldete sich nicht unangenehm, sondern signalisierte mir stattdessen eher, dass es ihn hungerte. Dieses Gefühl hatte ich in den ersten Stunden nach dem Aufstehen schon lange nicht mehr gehabt. Wie schön, dachte ich mir. Da scheint das Kokain also nicht zum Schlechtesten seiner Art zu gehören. Oder sollte es tatsächlich daran liegen, dass ich gerade dabei war, mich in Susi zu verlieben?

Hoffentlich würde ich Matze bei mir zuhause noch abpassen. Die S-Bahn, auf die ich am Bahnhof Reeperbahn wartete, schien einfach nicht kommen zu wollen. Und eines ist sicher, es gibt kaum grausamere Orte als eben dieser Bahnsteig an einem Sonntagmittag. Ein paar Obdachlose tranken die letzten Dosen Bier der Nacht. Oder waren es bereits die ersten des neuen Tages? Das wussten sie sicher selber nicht mehr so genau. Zwei Punks fragten jeden Vorbeikommenden nach der obligatorischen Schnorrermark und bekamen auch einige davon zugesteckt. Schließlich war es Sonntag und den meisten Leuten hier auf der Meile inzwischen eh alles egal. Wenn sie also nicht ihr ganzes Geld in Alkohol und leichte Frauen investiert und tatsächlich noch ein wenig Kleingeld übrig hatten, konnten sie das auch den beiden Punks in die Hand drücken.

Ich beobachtete die Beiden eine Weile und fragte mich, warum ich bisher auf diese Form des Geldverdienens verzichtet hatte. Wenn meine Kalkulationen und Hochrechnungen einigermaßen aufgingen, dürften sie auf einen guten Stundenlohn kommen. Das müsste die sonntägliche Bier- und Schnapsversorgung sichern. Doch schnell verwarf ich den Gedanken, in Zukunft vom Betteln und Schnorren leben zu wollen. Das empfand ich als würdelos. Wie sollte ich mich wohl dabei fühlen, einen wildfremden Menschen ohne Angabe von Gründen einfach auf dessen Kleingeld anzusprechen? Was würde ich wohl antworten, wenn mich dieser nach dem Verwendungszweck fragen würde? Das wäre mir peinlich gewesen. Also verwarf ich den Gedanken und überließ diese Form des Broterwerbs den zwei Punks. Die S-Bahn kam ich konnte endlich diesen unwirtlichen Ort verlassen.

Zu Hause angekommen fand ich eine Nachricht von Matze auf meinem Anrufbeantworter vor, die mich wissen ließ, dass er sich um etwa eine Stunde verspäten würde. Gut, dann hatten wir uns also nicht verpasst.

Als Matze wenig später bei mir klingelte, kam er nicht alleine im Fahrstuhl nach oben. Das konnte ich hören. Brachte Matze etwa einen möglichen Käufer mit zu mir nach Hause? Als der Fahrstuhl ankam und sich die Tür öffnete, traf mich fast der Schlag. Hinter Matze kam genau der Typ aus dem Aufzug, den ich beim Betreten von Tribis Haus am Freitag stürmisch aus selbigem weglaufen sah. Mein Iggy Pop. Ich versuchte cool zu bleiben und mir nichts anmerken zu lassen. Matze stellte seinen Begleiter vor. So wie er dessen Namen nannte, hatte ich ihn bereits wieder vergessen. Ich war zu aufgeregt, um irgendeinen klaren Gedanken zu fassen. Hatte mich der Typ auch erkannt? Anmerken ließ er sich nichts. Aber er war es. Er trug wieder die abgewetzten, schwarzen Lederklamotten. Ich beschloss, vorerst so zu tun, als hätten wir uns noch nie gesehen. Er tat das schließlich ja auch.

Als wir uns an den Küchentisch gesetzt hatten, schenkte ich jedem einen Kaffee ein, und Matze kam direkt zur Sache.

"Dann zeig uns doch mal, was du anzubieten hast."

Ich stellte die Tasche mit dem Kokain auf den Tisch und zog den Reißverschluss auf. Matze nahm ein Beutelchen raus, öffnete es und probierte mit dem Zeigefinger. Danach hielt er sich noch eine kleine Portion mit dem Mittelfinger der selben Hand unter die Nase und zog sie hoch. Letzteres machte auch sein Begleiter.

"Das scheint gut zu sein", konstatierte Matze.

Iggy Pop nickte zustimmend.

"Dann lass uns das Zeug doch mal wiegen. Oder weißt du schon, wie viel das ist?"

Natürlich wusste ich es nicht. Also zog Matze eine kleine Elektrowaage aus seiner Jeansjackentasche und fing an, die einzelnen Beutelchen aus der Tasche nach einander zu wiegen. Nach einigen Minuten sagte er:

"Das sind etwas mehr als zwei Kilo. Nicht schlecht. Da kriegst du auf der Straße rund eine Viertelmillion."

Eine Viertelmillion. Das musste ich erst mal sacken lassen. Klar wusste ich, wie viel Kokain so kostet, aber bisher hatte ich mir noch nicht richtig bewusst gemacht, was für einen Wert ich seit Freitagabend hier achtlos unter meinem Küchentisch liegen hatte.

"Wir beide geben dir Vierzigtausend cash, und du bist das Zeug los. Was hältst du davon?"

Ich war irritiert. Warum bot mir Matze weniger als ein Fünftel des Wertes an.

"Ist das nicht ein bisschen wenig? Immerhin ist das Zeug doch eine Viertelmillion wert."

"Im Straßenverkauf. Aber willst du dich an den Hauptbahnhof stellen und dort die zwei Kilo in einzelnen Briefchen verpackt verkaufen? Na dann viel Spaß. Wir beide haben wiederum Abnehmer, an die wir jeweils die Hälfte verkaufen, die uns natürlich mehr zahlen als wir dir, aber wir wollen schließlich auch etwas verdienen. So läuft das. Die Typen, die das Koks im Endeffekt an den User verkaufen, kennen wir auch noch nicht einmal. Außerdem würde ich dich als meinen Kumpel wegen so einer Sache nicht über den Tisch ziehen."

Ich zögerte.

"Gebt mir siebzig und die Sache ist gegessen. Ihr streicht dann doch bestimmt immer noch genug für euch ein."

Langsam wurde Matze etwas ungeduldig.

"Du scheinst die Preise nicht zu kennen. Die liegen bei solchen Mengen weit unter dem Einzelgrammpreis."

Er wechselte kurz einen Blick mit seinem Begleiter. Dann sagte er:

"Gut, einigen wir uns auf Fünfzigtausend. Damit fährst du wirklich nicht schlecht, zumal du dich absolut um nichts zu kümmern hattest."

Jetzt schaute mir Iggy Pop zum ersten Mal direkt in die Augen. Sofort war mir klar, auch er hatte mich wiedererkannt. Und dieser Blick jetzt gab mir eindeutig zu verstehen, dass ich dieses Geschäft annehmen und damit vergessen und auf sich beruhen lassen sollte. Ansonsten konnte ich mir natürlich selber ausmalen, dass ein Typ, der womöglich bereits zwei Menschen auf dem Gewissen hat, vor einem Dritten, wenn dieser zum Problem werden würde, sicher nicht zurückschreckte.

"Alles klar, so machen wir es", stimmte ich zu.

"Von mir aus könnt ihr die Tasche direkt mitnehmen. Aber wie und vor allem wann kriege ich denn meine Kohle?"

"Direkt morgen überweise ich das Geld vom Konto meines Ladens auf eines in England. Das läuft dort auf eine fiktive Plattenfirma. Von da aus wird es direkt als Gutschrift deklariert an dich weitergebucht. Auf welches Konto auch immer du willst. So einfach geht das."

Ich war beruhigt. Das klang einfach und reibungslos, ja fast schon routiniert. Und da ich Matze tatsächlich als meinen Kumpel ansah, glaubte ich ihm auch. Wir hatten auch zu viele gemeinsame Bekannte, als dass er mich hätte einfach so abziehen können. Dafür hatte Matze auch einen Ruf zu verlieren.

Wenig später verabschiedeten sich die beiden von mir, Matze schüttelte mir die Hand und Iggy Pop warf mir noch einmal einen Blick zu, der seine Wirkung nicht verfehlte. Ich fragte mich, ob Matze wusste, dass sein Begleiter am Freitagabend auch bei Tribi und Jensen war? Nämlich direkt vor mir, als die beiden ermordet worden sind? Die ganze Zeit über, die wir zusammen am Tisch saßen, redeten wir nur über das Geschäft und sparten den Freitag dabei völlig aus. Mir war es recht so. Matze hatte ich das Nötigste ja bereits gestern am Telefon geschildert, und mit seinem Begleiter hätte das Gespräch vielleicht eine unschöne Richtung einschlagen können. Ich beschloss, mir den drohenden Blick des Typen zu Herzen zu nehmen und die Sache zu vergessen. Ende der Woche würde ich um Fünfzigtausend Mark reicher sein.

3

Es ist ein unangenehmes Gefühl, wenn etwas geklappt hat, was einem sehr wichtig erschien, und man dadurch wesentlich sorgenfreier hätte sein können, es aber dennoch nicht ist. Ich verstand nicht ganz, warum ich mich nicht richtig freuen konnte. Vor genau einer Woche irrte ich noch ziel- und hoffnungslos stundenlang über den Kiez, komplett darüber verzweifelnd, wie ich aus meiner misslichen Lage jemals wieder herauskommen sollte. Nun hatte sich die Situation aber durch die vergangenen Geschehnisse und den daraus gegebenen Umständen für mich drastisch verbessert. Ich besaß keine Schulden mehr bei brutalen Kiezdealern, weil diese einem Kapitalverbrechen zum Opfer fielen, und würde in wenigen Tagen für meine Verhältnisse sogar richtig viel Geld erhalten.

Darüber hinaus hatte ich seit langem mal wieder eine Frau kennen gelernt, die meinen Puls ansteigen und mein Gehirn Achterbahn fahren ließ. Dazu schien auch sie Gefallen an mir gefunden zu haben. Eigentlich also alles Dinge, auf denen sich aufbauen ließ. Doch wie ich so vor mich hin sinnierte, stellte ich fest, trotz alledem innerlich nicht zur Ruhe zu finden. Irgendetwas fraß mich auf, nagte an mir wie ein Geier am Aas. Ich versuchte die Wurzel zu finden. Die verschwundenen Geldsorgen und der bevorstehende, unverhoffte Reichtum schafften es also nicht, mich zufrieden zu stellen. Aber zuvor hatten mir meine Schulden auch keinen wirklichen Kummer bereitet, sondern mich höchstens besorgt. Und was war mit Susi? Konnte ihr Eintreten in mein Leben nicht ausreichend Glückshormone in mir freisetzen, dass ich mich, wenn auch nur eine Zeit lang, einmal rundum selig fühlen könnte?

Ich vermutete, es würde daran liegen, dass ich mir mit ihr noch nicht sicher war. Sicher schon, dass ich diese Frau haben wollte. Aber wollte sie mich denn auch? Und würden wir überhaupt zusammenpassen? Wäre eine Beziehung zwischen ihr und mir denkbar? Ich dachte an den Kuss letzter Nacht und bejahte darauf alle diese Fragen. Da hing Sinnlichkeit, Leidenschaft und Lust so schwer in der Luft, dass man glaubte, davon erschlagen zu werden. Oder hatten die vielen Drogen meinen Blick für die Realität verklärt gehabt? Diese Frage verneinte ich und ging zum Telefon um Susi von dem gelaufenen Geschäft zu erzählen.

"Ich bin leider nicht zu Hause. Bitte hinterlasst nach dem Pfeifton eine Nachricht."
Ich mochte Anrufbeantworter noch nie und gerade jetzt merkte ich wieder warum. Daher beschloss ich, keine Nachricht zu hinterlassen, sondern später noch einmal anzurufen. Vielleicht schlief sie auch noch, so müde und verknautscht wie ich sie heute Mittag verlassen hatte. Oder sie saß neben ihrem Telefon und hatte einfach nur keine Lust auf stundenlange Gespräche mit alten Freunden, die immer dann anriefen, wenn man einfach nur seine Ruhe haben möchte. Doch wenn sie gehört hätte, dass ich der Anrufer war, hätte sie bestimmt abgenommen. Hätte ich mich also doch melden und nicht wieder auflegen sollen? Ich würde es später noch einmal versuchen.

Nun war es an der Zeit, mit einem Joint und zwei, drei Bier den Kopf wieder klar zu bekommen. Ich klopfte an Udos Zimmertür, und er bat mich herein.
"Hast du noch was von dem Gras da, was wir letzte Woche geraucht hatten?"
Udo schaute mich etwas verdutzt an, nickte dann aber, kramte aus seiner Schreibtischschublade ein Tütchen mit Gras und reichte es mir herüber.

"Danke schön. Kommst du mit rüber, eine Tüte rauchen?"

"Ja klar, ich weiß eh schon wieder nichts, mit diesem jämmerlich langweiligen Sonntag anzufangen. Aber sag du mir erst einmal, wie dein gestriges Rendezvous verlaufen ist."

Ich erzählte Udo von meiner Nacht mit Susi, und dass sich da vielleicht mehr heraus entwickeln könnte. Die Geschichte mit dem Koks und dem heutigen Verkauf des Selben behielt ich, zumindest vorerst, noch für mich.

Aus dem einen Joint wurden im Laufe des Nachmittags und abends fünf und aus den zwei, drei Bieren acht. Udo hatte sich das neue Album von Rancid zugelegt, welches wir während dessen rauf und runter hörten. Ihre Musik, dieses Konglomerat aus Reggae, Rock und Punk passte herrlich in unsere ansteigende Stimmung und ließ uns bereits nach wenigem Hören vereinzelte Lieder lauthals mitsingen. So gut gelaunt strich der Sonntag an Udo und mir vorbei. Susi wollte ich jetzt doch nicht mehr anrufen. Zum einen war ich inzwischen bereits kräftig vom Bier und Gras angeschlagen und sicher nicht mehr für ein ordentliches Telefonat zu gebrauchen gewesen, zum anderen wollte ich, davon war ich mittlerweile überzeugt, gerade am Anfang nicht zu aufdringlich wirken. Also entschied ich mich dazu, mich morgen zu Beginn der neuen Wochen bei ihr zu melden.

4

Ich wollte Matze noch einmal alleine ohne seinen Begleiter Iggy Pop sprechen. So von Freund zu Freund mal hören, ob der gestern abgeschlossene Deal wirklich in Ordnung war. Also fuhr ich, nachdem ich lange und ausgiebig geschlafen hatte, nach St. Pauli, um dort Matzes Plattenladen Real Deal aufzusuchen. Im Geschäft befand sich außer mir kein weiterer Kunde. Lediglich Matze hing gelangweilt hinter der Ladentheke und lauschte der neuen CD von All.

„Die wiederholen sich auch nur noch selbst", begrüßte er mich, auf die Musik Bezug nehmend.

„Mag sein, aber immerhin scheinen sie ihre nervige Experimentalphase abgeschlossen zu haben. Das Gefrickel konnte ja kaum einer aushalten. Seit der letzten Platte finde ich die eigentlich wieder ganz gut", erwiderte ich ihm.

Matze schaltete zum nächsten Lied.

„Also, das Koks, was du uns gestern verkauft hast, ist tatsächlich ein Hammer. Das scheint überhaupt nicht gestreckt zu sein. Selten habe ich so einen reinen Stoff gehabt. Ich habe gestern davon noch einiges probiert. Deswegen hänge ich auch heute etwas neben mir."

„Warst du denn schon bei der Bank und hast das Geld überwiesen?"

„Ob du es glaubst oder nicht, ja das war ich. Ich habe hier sogar noch den Überweisungsträger liegen. Fünfzigtausend Deutsche Mark für CD-Neuveröffentlichungen von Pimp Records. Das ist mein Briefkasten-Label in London. Das müsste spätestens übermorgen dort sein. Dank Online-Banking kann ich das dann direkt wieder weiter auf dein Konto leiten. Donnerstag wird es demnach also bei dir sein."

Das schien also zu laufen. Ich gab Matze noch einen Zettel mit meiner Bankverbindung.

Als ich wieder zurück in meiner Wohnung war, wollte ich Susi anrufen. Doch wieder meldete sich nur der Anrufbeantworter. Diesmal hinterließ ich aber eine Nachricht:

„Bin jetzt unter die Großunternehmer gegangen. Wenn du in mein Unternehmen einsteigen willst, rufe mich doch bitte einmal an."

Ich hoffte, das würde sie tun.

Der Tag verstrich, und mein Telefon schwieg. Warum rief sie denn nicht zurück? Wahrscheinlich war sie noch arbeiten. Als Dolmetscherin hatte sie sicherlich eine geregelte Arbeitszeit und würde bestimmt erst am Abend nach Hause kommen. Dieser Gedanke beruhigte mich ein wenig. Doch als das Telefon bis um neun Uhr immer noch nicht geklingelt hatte, wurde ich immer nervöser. Noch einmal anrufen wollte ich nicht. Sie hatte schließlich meine Nachricht auf Band. Die Warterei machte mich fast wahnsinnig. Ich versuchte zu lesen, konnte mich aber nicht konzentrieren. Zwischenzeitlich versuchte ich es auch mit Fernsehgucken, doch davon war ich bereits nach wenigen Minuten furchtbar genervt. Also saß ich nur da und wartete.

Warten war schon immer etwas, was ich nicht gut konnte. Vielleicht hätte ich es auch nur mal richtig erlernen sollen. Doch ich wurde stets sofort ungeduldig und nervös. Wenn sich eine Verabredung verspätete, auch wenn es nur einige Minuten waren, begann in mir unaufhörlich, eine innere Unruhe aufzusteigen, die mich schnell ganz beherrschte. Zwar verschwand diese mit dem Ende der Warterei wieder recht schnell, hinterließ aber immer kleine Narben in meinem Nervenkostüm. So auch jetzt. Doch dann endlich klingelte der Apparat.

„Hier ist Klaus, wie sieht's aus? Gerade dachte ich bei mir, wie wäre es mit einem Bier. Ich hätte gern gewusst, hast du dazu Lust?"

Ich überlegte kurz. Wenn ich hier weiter nur sitzen und das Telefon anstarren würde, wäre ich sicher bald dem Irrsinn nahe. Also antwortete ich Klaus:

„Ja klar, wo wollen wir uns denn treffen? Wie wäre es mit dem Baluga in Eppendorf? Dann muss ich nicht wieder durch die ganze Stadt fahren, und für dich ist es auch nicht so weit."

Insgeheim hoffte ich, vielleicht Susi dort zu treffen. Schließlich besuchte sie vergangenen Freitag, bevor ich sie zum ersten mal sah, eben genau diese Bar. Klaus willigte ein, und eine Stunde später wollten wir uns treffen.

Der Abend mit Klaus im Baluga war sehr nett. Wir unterhielten uns angeregt über Spendenaffären und Steuerskandale, Goldfische und Handball-Punks, Samenraub und öffentlichen Scheidungskrieg, Schweinepest und Rinderwahn, Fernsehvoyeurismus und Containeraffen. Dazu tranken wir gemütlich einige Bier. Das Baluga gehörte zu den Bars, die neben frischgezapftem Pils auch leckere Snacks anboten, von denen wir uns reichlich bedienten. Selbst die Musik fiel uns nicht auf die Nerven, und das ist nicht gerade die Regel. Zwar wurde hier nicht annähernd so gerockt wie in den Kneipen auf dem Kiez, die wir üblicherweise besuchten, aber gegen ruhigen Bar-Jazz hatte ich noch nie etwas einzuwenden. Susi tauchte natürlich den ganzen Abend über nicht auf, worauf ich aber auch bereits nach kurzer Zeit nicht mehr wartete. Möglicherweise hatte sie sich ja inzwischen zu Hause bei mir gemeldet.

5

Seit vier Tagen hatte ich jetzt schon nichts mehr von Susi gehört. Drei mal hatte ich ihr in dieser Zeit eine Nachricht auf dem Anrufbeantworter hinterlassen, doch sie hatte sich bisher nicht ein einziges Mal bei mir gemeldet. Ich konnte das nicht verstehen. Wir waren doch im Guten auseinander gegangen und der Abend vorher verlief auch rundum schön. Zeitweise machte ich mir Sorgen, dass ihr etwas zugestoßen sei. Dann wieder lösten Wut und Zorn das Sorgengefühl ab.

Nun kam ich gerade mit einem Kontoauszug aus meiner Bank und starrte immer wieder auf die Zahlen, die da standen. Fünfzigtausend Mark war zu lesen. Ich konnte es noch nicht ganz fassen. Eine solche Summe hatte ich bisher noch nie besessen. Mit dieser Nachricht wollte ich ein letztes Mal versuchen, Susi zu kontaktieren. Da sie auf meine Anrufe nicht reagierte, beschloss ich, sie zu Hause aufzusuchen. Die Fahrt zu ihr über fing ich an, mir zu überlegen, was ich denn am geschicktesten mit meinem neuen Reichtum anstellen könnte. Doch in all diesen Überlegungen tauchte immer wieder Susi auf. Also verwarf ich es wieder und wollte zuerst wissen, was mit ihr los sei. Bei ihr angekommen klingelte ich, und wenige Augenblicke später wurde die Tür geöffnet. Ich ging zu ihrer Wohnung rauf. Dort stand Susi auf der Fußmatte und schien sichtlich überrascht, mich zu sehen.

"Du bist das?" fragte sie mich ohne ein weiteres Wort der Begrüßung.
"Hallo Susi. Ja, ich bin das. Wollte mal schauen, ob du noch lebst. Warum hast du dich nicht mehr bei mir gemeldet? Ich habe dir doch mehrmals den Anrufbeantworter besprochen."

Sie bat mich daraufhin erst einmal hinein und führte mich in die Küche. Dort setzten wir uns, und sie schenkte mir eine Tasse Kaffee ein.

"Ich wollte dich ja noch anrufen. Aber bisher habe ich mich nicht getraut. Ich wusste nicht, wie ich es dir sagen sollte. Schließlich hatte mir der Abend mit dir so gut gefallen und ich hatte das Gefühl dir auch."

"Ja, sehr sogar. Aber was konntest du mir denn nicht sagen?"

Ich war irritiert. Nach kurzem Zögern sagte Susi:

"Ich bin wieder mit meinem Freund zusammen. Kurz nachdem du am Sonntag gefahren bist, rief er mich an und wir haben uns am Abend getroffen. Er sagte, er würde mich immer noch lieben und wollte wieder zu mir zurück."

Sie stockte.

"Und als er da so vor mir saß, merkte ich, dass ich ihn auch noch liebe."

Das hatte gesessen. Ich fühlte mich wie vor den Kopf geschlagen, versuchte aber Haltung zu bewahren.

"Das freut mich für dich. Auch wenn ich, ehrlich gesagt, natürlich etwas enttäuscht bin. Denn, wie du richtig erkannt hast, gefiel mir nicht nur unser gemeinsamer Abend. Ich hätte dich schon gerne wiedergesehen. Warum hast du mich denn bloß nicht angerufen und mir das gesagt? Du musstest dich mir gegenüber doch zu nichts verpflichtet fühlen."

"Es tut mir leid. Das war einfach feige von mir. Aber wir können uns natürlich auch weiterhin treffen. Und beim nächsten mal rufe ich auch ganz bestimmt zurück."

Sollte ich mich darüber jetzt freuen? Ich verspürte Trauer in mir aufsteigen. Mit einem Kloß im Hals sagte ich zu ihr:

"Na klar. Machen wir. Übrigens bin ich das Kokain wieder losgeworden und habe auch ein paar Mark dafür bekommen. Davon wollte ich dir die Hälfte geben. Schließlich haben wir gemeinsam diese Geschichte erlebt."

"Das Geld will ich nicht. Erstens hast du die Tasche mitgenommen und letztendlich auch wieder verkauft und zweitens will ich kein Geld haben, an dem Blut klebt."

Sie konnte ja richtig pathetisch werden. Aber vielleicht hatte sie damit ja Recht. Ich wollte später darüber nachdenken.

"Wie du meinst. Ich hätte es dir gerne gegeben. Es wären immerhin fünfundzwanzigtausend Mark. Willst du es dir nicht doch noch einmal überlegen?"

"Nein, ganz sicher nicht. Behalte du das Geld mal besser für dich."

Ich nickte, trank meinen Kaffee aus und machte mich bereit, zu gehen. Im Korridor versicherten wir uns noch gegenseitig, dass wir uns einander anrufen würden, ganz bestimmt. Dann verließ ich das Haus und war mit meinem Geld alleine.

- 6 -

Da ich bisher noch nie über so viel Geld verfügt hatte, musste ich mir erst einmal darüber klar werden, wie ich die Fünfzigtausend Mark investieren oder wofür ausgeben würde. Das sollte mich vor allem auf andere Gedanken bringen und die Abfuhr von Susi zumindest für einen Augenblick vergessen machen. Doch mir wollte nichts Sinnvolles einfallen. Ich sah mich in einem schicken Auto, schöne Anzüge tragen und teuer essen. Auf diese Art und Weise wäre das Geld, was im Verhältnis nun ja auch keinen völligen Wohlstand bedeutete, ziemlich schnell aufgebraucht. Als ich die Marktstraße im Karoviertel hinunter lief und mir die Schaufenster dabei im Vorbeigehen anschaute, fiel mein Blick auf ein rotes Hemd, welches dank seiner auffälligen Farbe direkt ins Auge stach. Es leuchtete genauso intensiv wie mein Goldfisch daheim. Ich betrat den Laden, kaufte es mir und zog es direkt über. Es war ein schönes Hemd. Der seidige Stoff lag weich auf der Haut und gab mir einen vornehmen Anstrich. Das restliche Bargeld, das ich nun noch in der Tasche hatte, gab ich vor der Tür einem vorbei schleichenden Berber. Dieser guckte mich verdutzt an, dankte und zog unbeirrt weiter. Auch ich verließ die Marktstraße und fuhr von den Messehallen aus mit der U-Bahn nach Hause.

Als ich in die achte Etage meines Wohnhauses erreicht hatte, stieg mir ein säuerlicher Geruch in die Nase. Einordnen konnte ich diesen nicht, doch er erinnerte mich entfernt an meinen lange zurückliegenden letzten Zoobesuch. Als ich die Wohnungstür aufschloss, wurde er intensiver. In der Küche auf dem

Linoleumboden sah ich den Grund. Dort stand ein Käfig aus dem in alle Richtungen Stroh quoll. Unter dem Gestrüpp machte ich zwei kleine, weiße Tiere aus. Hatte sich Udo etwa Meerschweinchen zugelegt? Noch als ich versuchte, die Tiere genauer erkennen zu können, kam Udo in die Küche.

"Krieg keinen Schreck. Die beiden Ratten gehören Sandy."

"Wer ist Sandy", wollte ich irritiert wissen.

"Die kommt aus Oberhausen. Ich habe sie mal auf einem Konzert in Düsseldorf kennen gelernt. Jetzt hat sie Stress mit ihrem Freund und brauchte mal einen Tapetenwechsel. Da habe ich ihr gesagt, sie könne ein paar Tage bei uns wohnen. Ich hoffe, das geht in Ordnung."

"Und die Ratten auch? Haben wir jetzt diese Viecher in der nächsten Zeit neben dem Kühlschrank stehen? Ich bin mir nicht sicher, ob mir da noch das Essen schmeckt."

"Stell dich mal nicht so an, es ist ja nur für ein paar Tage. Und an den Geruch gewöhnst du dich schon."

In diesem Moment ging die Küchentür auf und ein Mädchen mit rotgefärbten Haaren, ausrasiertem Nacken und einem Piercingring durch die Unterlippe kam herein.

"Hi, ich bin Sandy. Hoffentlich hast du nichts dagegen, dass ich ein paar Tage bei euch unterkomme. Mein Freund macht mir zu Hause echt die Hölle heiß. Der sieht überall nur Typen, mit denen ich ins Bett steige."

"Und, ist da was dran?"

"Ach was, doch nicht mit allen."

Ich hieß Sandy willkommen, sagte ihr, sie könnte gerne ein paar Tage bei uns wohnen, verließ die Küche und legte mich auf mein Bett. Ratten in meiner Küche, das würde ich nicht aushalten. Und mein

Goldfisch bestimmt auch nicht. Ich meinte, eine äußerst verbitterte Mine in seinem Gesicht zu erkennen. Er fühlte sich wahrscheinlich genau wie ich. Unwohl. Unwohl in der eigenen Haut und in den eigenen vier Wänden. Das war nur schwer auszuhalten. Während Susi zurück zu ihrem Freund gegangen ist, laufen Udo die Mädchen bis ins Schlafzimmer hinterher. Ich musste raus. Irgendwohin. Schnell packte ich ein paar Klamotten in meine alte Reisetasche, steckte Personalausweis und EC-Karte ins Portemonnaie, legte Udo einen Zettel hin, er möge den Goldfisch füttern, solange ich fort sein würde, und ging in meinem neuen, roten Hemd zum Wandsbeker Markt. Dort bestieg ich die U-Bahn in Richtung Hauptbahnhof. Von dort würde ich den nächstbesten Zug aus Hamburg raus nehmen. Mal sehen, wohin es mich verschlagen würde.

Third verse different from the first

1

Der Intercity nach Berlin war brechend voll. Immerhin stand für morgen ein Feiertag an, und danach begann das Wochenende. So hatten zahlreiche Bundeswehrrekruten das Glück, bereits am Donnerstag ihre Kasernen in Schleswig-Holstein, Niedersachsen und Hamburg verlassen und in die Heimat nach Brandenburg fahren zu dürfen. Dementsprechend sah das Volk in dem Zug auch aus. Fast ein jeder trug den Nacken ausrasiert und einen Oberlippenbart imitierenden Flaum unter der Nase. Auf den Sweatshirts konnte man Schriftzüge wie „Troublemaker", „Pit Bull" oder „Böhse Onkelz" lesen. Mir waren diese pickeligen, bleichen Jüngelchen ausgesprochen unsympathisch. Zum Glück hatte ich auch ohne Reservierung noch einen Sitzplatz neben einem älteren Herrn bekommen und musste nicht zwischen den Wehrdienstlern auf dem Gang Platz nehmen.

Ich steckte meine Nase in den Debütroman von Michel Houellebecq, den ich mir noch in der Bahnhofsbuchhandlung vor meiner Abfahrt gekauft hatte. Alle Welt sprach derzeit von seinem neuen, zweiten Buch, nur ich hatte noch nicht einmal sein erstes gelesen. Das sollte sich nun ändern. Ich versuchte sowenig wie möglich Notiz von meiner Umwelt im Abteil zu nehmen. Das fiel mir allerdings schwer, denn nicht nur die lauten Gespräche der bereits angetrunkenen Soldaten lenkten mich ständig von meiner Lektüre ab, sondern auch mein Sitznachbar. Der grunzte nämlich in regelmäßigen Abständen erbarmungslos laut auf, um danach genussvoll und nicht minder laut alles herunterzuschlucken. Wirklich vertiefen konnte ich mich daher in mein Buch nicht. Also beschloss ich nach einiger Zeit, mir die Gegend, durch die sich der Zug gerade schlängelte, anzuschauen. Zuerst wirkten die Felder und vereinzelten Sträucher und Bäume beruhigend auf mich. Doch nachdem wir die dritte Ortschaft passiert hatten, war ich auf den Boden der Tatsachen zurückgeholt. Sämtliche Dörfer erschienen nicht nur des schlechten Wetters wegen grau und trostlos. Alles machte einen zerfallenen und verwahrlosten Eindruck. Die Entwicklung der blühenden Landschaften, von denen uns einst im Bezug auf die ehemalige DDR vorgeschwärmt wurde, schien noch nicht weit fortgeschritten.

In Wittenberge hielt der Zug zum ersten und zum Glück einzigen Mal auf der Strecke nach Berlin an. Auf dem Bahnsteig lungerten vier Skinheads und tranken Dosenbier. Einige meiner Fahrbegleiter stiegen hier aus und gesellten sich umgehend und laut grölend zu den Vieren. Der eine aus der Gruppe hob den rechten Arm zum Gruße. Ein Zweiter schüttete seinem Gegenüber eine gerade aufgerissene Dose Bier über den Kopf. So amüsiert sich also die ostdeutsche Jugend, dachte ich mir und schloss die Augen.

Ich muss tatsächlich eingeschlafen sein, denn als ich wieder aufschaute, fuhr der Intercity gerade in einen Bahnhof ein, und ich konnte auf einem Schild „Berlin - Bahnhof Zoo" lesen. Hier wollte ich ja hin. Schnell packte ich mein Buch ein, zog mir meine Jacke über und verließ das Abteil. Der Mann neben mir verabschiedete sich noch kurz mit einem lauten Grunzen. Draußen merkte ich, dass mir die trockene Luft der Klimaanlage im Zugabteil den Rachen ganz wund hatte werden lassen. Ich atmete mehrmals tief durch und versuchte ein wenig Speichel im Mund zu sammeln und damit den Rachen zu befeuchten. Es gelang nicht. Beim Schlucken schmerzte es im Hals immer noch. Also ging ich direkt zum Kiosk auf dem Bahnsteig und kaufte mir eine Dose Bier, mit der ich es mir auf einer Bank gemütlich machte.

Hamburg hatte ich also hinter mich gebracht und war nun in der Hauptstadt gelandet. Als ich fast fluchtartig meine Wohnung verlassen hatte und am Hamburger Hauptbahnhof ankam, war es mir plötzlich doch nicht mehr so egal, wo ich hinfahren wollte. Der nächstbeste Zug wäre nach Uelzen in der Lüneburger Heide gefahren. Doch da zog mich rein gar nichts hin. Also überlegte ich mir, jemanden zu besuchen und nicht aufs grade Wohl ins Unbekannte zu fahren. Spontan fielen mir ein paar Freunde in der Heimat ein, doch auch dort wollte ich nicht hin. Das käme ja fast einem Aufgeben gleich. Indirekt würde ich mit dieser Flucht aus Hamburg zurück nach Westfalen ja zu verstehen geben, dass ich es in der großen weiten Welt nicht packen und deshalb wieder zurück in den Schoß der Heimat kommen würde. Also entschloss ich mich, meinen alten Freund Michael in Berlin zu besuchen.

Ich hatte Michael vor drei Jahren bei einem Konzert in Hamburg kennengelernt. Dort stand er am Eingang und verkaufte selbstgedruckte Fanzines. Ich kaufte ihm eines ab und wir kamen ins Gespräch. Er erzählte mir, dass er gerade von Bielefeld nach Berlin gezogen sei, und dort einen Job in einem Comic-Laden angenommen hätte. Außerdem würde er ab und an mal als Tour-Begleiter für schwedische Hardcore-Bands arbeiten, was auch einen Aufenthalt an jenem Abend in Hamburg erklärte. Obwohl Michael elf Jahre älter war als ich, verstanden wir uns gleich ausgezeichnet. Seine pointierte Art zu erzählen amüsierte mich köstlich. Wir zogen später noch durchs Hamburger Nachtleben und ich zeigte ihm die versteckten Seiten vom Kiez.

Seitdem konnte ich in den letzten Jahren bei ihm immer Quartier beziehen, wenn es mich in die Hauptstadt verschlagen hatte. Michael wohnte mit seiner

Freundin Eva in einer großzügigen Altbauwohnung am Savignyplatz.

Eva war noch mal neun Jahre älter als Michael und hätte somit fast meine Mutter sein können. Doch vom Wesen her war sie das genaue Gegenteil. Sie war aufgedreht und lebenslustig, ständig in der Angst, irgendetwas zu verpassen. In den siebziger Jahren steckte sie tief in der Kreuzberger Hausbesetzerszene, wurde dort nach der dritten Hausbesetzung verhaftet und musste wegen einiger zusätzlicher Delikte wie Körperverletzung, Widerstand gegen die Staatsgewalt und Verstoß gegen das Betäubungsmittelgesetz für sechs Monate in Moabit einsitzen. Danach wurde sie etwas ruhiger, begann als Krankenpflegerin zu arbeiten und zog nach Charlottenburg. Trotzdem hat sie bis heute ihre jugendlichen Wurzeln nie vergessen und freut sich immer noch über jeden nachwachsenden Rebellen und Staatsfeind mehr als über ein günstiges Shoppingangebot.

Ihre Wohnung war phänomenal. Sie konnte seinerzeit den langjährigen Mietvertrag ihres Onkels übernehmen, was die unverschämt günstige Miete für ihre perfekt renovierte hundertfünfzig Quadratmeter große Altbauwohnung erklärte. Als sie Michael vor vier Jahren bei einem Besuch ihrer Eltern in Bielefeld kennenlernte, war es nur eine Frage der Zeit, wann er seine Koffer packen und zu ihr nach Berlin ziehen würde. Wenige Monate später tat er es und teilt sich nun mit Eva ihre schöne Bleibe im Herzen von West-Berlin.

Dort wollte ich es mir in deren Gästezimmer für ein paar Tage bequem machen. Ansonsten wusste ich nicht genau, was ich in Berlin machen sollte. Es bot sich für einen zeitweiligen Tapetenwechsel nur gut an. Das einzige, was ich mir für die Zeit in der Hauptstadt vorgenommen hatte, war, nicht mehr zu koksen. Der Konsum der letzten Wochen, vor allem nachdem ich die Sporttasche mitgehen ließ und mir einiges der Droge abgezwackt hatte, bevor ich sie Matze verkaufte, war einfach zu extrem gewesen. Damit sollte Schluss sein. Immerhin hatte ich noch alle Zähne, und das sollte auch die nächsten Jahre über so bleiben. Die Idee, ohne Drogen durchs Berliner Nachtleben zu ziehen erschien mir zwar langweiliger als mit, aber ich drängte mich dazu, unbedingt die Vernunft siegen lassen zu wollen. Und wie ein Mönch musste ich deswegen ja auch nicht gleich leben. Bier, Tabak und ab und an ein Joint sorgten in der Vergangenheit auch oft für einen schönen Rausch und ausreichendes Wohlbefinden. Vielleicht würde sich in Berlin auch etwas in Sachen Sex ergeben. Nach der Pleite mit Susi schien mir das bitter nötig.

Der Bahnhof Zoo machte seinem Ruf an diesem Abend gar keine Ehre. Ich erwartete Horden von Junkies und Dealern, durch die ich mich hätte durchkämpfen müssen, und wollte sehen, ob ich nun auch irgendwie dazugehörte. Aber so fertig, wie ich die Drogenszene hier dank Christiane F. erwartet hatte, war diese nicht. Im Gegenteil, ich sah überhaupt keine Drogenszene. Stattdessen blitzte der gekachelte Boden wie in der Meister-Propper-Werbung, und an jeder Ecke standen schwarzgekleidete Sheriffs vom Wachdienst mit Knüppeln und Handschellen bewaffnet. Wohin mochten sich die Kinder vom Bahnhof Zoo verzogen haben?

Wieder musste ich an die fünfzigtausend Mark denken, die auf meinem Konto verbucht waren. Dealergeld. Bisher fühlte es sich aber ganz und gar nicht schlecht an. Am Geldautomaten vor dem Reisezentrum hob ich fünfhundert Mark davon ab. Ich wollte in den nächsten Tagen, die ich in Berlin sein würde, schließlich nicht auf den Pfennig schauen müssen.

Auf dem Bahnhofsvorplatz fand ich ein Kartentelefon und wählte die Nummer von Michael und Eva.

Nach mehrmaligem Klingeln schaltete sich der Anrufbeantworter ein. Ich hörte Evas Stimme.

„Da uns der Himmel von Berlin auf den Kopf zu fallen drohte, sind wir aus der Stadt geflüchtet. Entweder versucht ihr es am Freitag noch einmal oder hinterlasst eine Nachricht nach dem Signal."

Das tat ich nicht und hängte den Hörer wieder ein. Ich war einen Tag zu früh nach Berlin gefahren. Vielleicht hätte ich von Hamburg aus mal bei den beiden anrufen sollen. Dann würde ich jetzt nicht abends um zehn alleine in Charlottenburg stehen. Aber ich war nicht aus Hamburg abgehauen, um Trübsal zu blasen. Also deponierte ich meine Tasche in einem Schließfach, suchte mir ein Taxi und gab dem Fahrer die Order, mich nach Kreuzberg zu fahren.

Am U-Bahnhof Cottbusser Tor ließ ich mich absetzen und überlegte, wohin ich als erstes gehen sollte. Inzwischen hatte ich mich mit dem Gedanken vertraut gemacht, ohne Schlafquartier durch das Nachtleben Berlins zu ziehen und sogar Gefallen daran gefunden. Sorgen musste ich mir auch keine machen, denn wenn es hart auf hart kommen würde, hatte ich genügend Geld für jedes Hotel der Stadt auf meinem Konto. Während ich noch überlegte, welche Richtung ich einschlagen sollte, schaute ich mir die Gegend rund um das Cottbusser Tor an. Es drängte sich mir die Frage auf, ob die Menschen hier noch etwas anderes tun würden, als Döner Kebab zu essen. So viele Imbissbuden, die diesen türkischen Snack feilboten, ließen keine andere Form der Gastronomie auf dem Platz zu. Lediglich zwei Supermärkte und ein Depot für Restposten hatten sich dazwischen gequetscht. Unter der U-Bahn-Brücke in meinem Rücken konnte ich ein Nachtlager ausmachen. Als ich im schummrigen Licht der Straßenlaternen versuchte, diesen Berg von Matratzen, Pappen, Decken, Tüten und vielerlei

Undefinierbarem genauer zu inspizieren, dröhnte plötzlich eine laute, tiefe Stimme dort heraus.

„Dieses Schloß steht unter Denkmalschutz. Die Besichtigung, und sei es nur aus der Ferne, ist kostenpflichtig. Studenten und Arbeitslose zahlen eine Mark, Normalverdiener das Doppelte."

Dann war es wieder still. Den Sprecher konnte ich nicht sehen. Er musste irgendwo in dem Haufen gesteckt haben. Vorsichtig fragte ich zurück:

„Und wo ist die Kasse?"

„Direkt vor Ihnen. Legen sie ihren Obolus zum Erhalt dieses historischen Gebäudes auf den blauen Müllsack."

Ich tat, wie mir befohlen, und warf ein Zweimarkstück vor mich auf besagten Beutel.

„Können sie mir denn jetzt auch sagen, wann das Baujahr dieser Heimstätte war?"

Es blieb kurze Zeit ruhig. Doch der Schlossherr ließ sich nicht lange bitten und gab mir bereitwillig Auskunft.

„Zu einer Zeit, mein Herr, als sie noch eifrig in Vatis Genitalsuppe herum schwammen. So lange ist das schon her. Generationen von Rastlosen und Suchenden haben hier bereits unzählige Sommer und Winter verbracht. Und nun ist es an mir, dieses Monument vor dem Verfall zu bewahren."

„Dabei wünsche ich ihnen viel Glück und danke für die Information", antwortete ich und machte mich in Richtung Oranienstraße auf den Weg.

Ich wollte meinen Streifzug durch die Berliner Bars im Orpheum beginnen, einer Bar mit – wie man mir bereits vor einigen Jahren sagte – langer Kreuzberger Tradition, wo ich anfangen wollte, meinen Bierdurst zu besänftigen. So schlenderte ich die Adalbertstraße hinunter und versuchte die ersten Eindrücke von Berlin-Kreuzberg in mich aufzusaugen. Leider war das erste, was mir widerfuhr, dass ich in einen Haufen Hundescheiße trat. Laut fluchend suchte ich eine Stelle, wo ich meine Schuhe wieder säubern konnte. Ich ging durch eine Hofeinfahrt in der Hoffnung, dort ein Stück Rasen zu finden, um darauf die Scheiße von der Sohle zu streifen. Doch der ganze Hinterhof war geteert und das Einzige, was ich fand, war ein weiterer Hundehaufen, in den ich um Haaresbreite wieder getreten wäre. Allerdings reichte der düstere Schein, der aus wenigen, ungeputzten Fenstern fiel, aus, mir diese unangenehme Hürde rechtzeitig vor Augen zu führen. Ich öffnete eine herumstehende Mülltüte und entnahm dieser eine alte Stoffwindel, mit der ich voller Ekel meine Schuh reinigte. Ein Fenster über mir öffnete sich. Schnell verließ ich diesen dunklen, unwirtlichen Ort, um auf direktem Wege ins Orpheum zu kommen. Ich musste mir dringend die Hände waschen.

2

Ein Vogel ließ von draußen her sein Lied erklingen. Langsam verabschiedete sich der unruhige Schlaf. Der Vogel war nicht mehr Teil eines Traumes, den ich bereits beim Aufwachen wieder vergessen hatte. Sein fröhlicher Gesang war real. Genauso wie meine Kopfschmerzen, die sich brutal bemerkbar machten. Ich versuchte mich auf den Vogelgesang zu konzentrieren. Bloß nicht an die Pein hinter der Stirn denken. Ich döste darüber noch einmal leicht ein. Doch plötzlich registrierte ich ein weiteres Geräusch, welches ganz aus der Nähe an mein Ohr drang. Es war ein Husten, ein menschliches, nicht laut, eher unterdrückt und daher gequält. Jetzt öffnete ich zum ersten Mal die Augen und schaute mich in einem Zimmer um, welches ich noch nie zuvor gesehen hatte. Das weiche Wasserbett, in dem ich lag, fühlte sich bequem an, gab mir aber auch nur Fragen auf. Bislang kannte ich niemanden, der ein Wasserbett besaß. Doch das Rätsel sollte sich lösen lassen, denn ich lag ja nicht allein unter der schwarzen Satin-Decke. Neben mir, auf einem roten Plüsch-Herz, hatte sich ein Gesicht tief in den weichen Stoff gegraben, so dass ich von diesem nicht viel erkennen konnte, außer einem zerzausten, braunen Haarschopf, welcher mir genauso fremd erschien, wie das Bett, das Zimmer und der Vogelgesang vor dem Fenster.

Vorsichtig lupfte ich die Bettdecke ein wenig und sah einen bunten Drachen in Taschenformat. Die Tätowierung befand sich auf der Schulter eines nackten Frauenrückens, welcher mir zugewandt war. Noch ein fremder Moment an diesem Morgen. Langsam aber sicher fühlte ich mich zunehmend unwohl in meiner Haut. Verdammt, was war passiert? Wo lag ich hier? Wie war ich hierher gekommen? Wer war die Frau an meiner Seite? Ich versuchte mich zu erinnern.

Leider hatte ich nicht, wie erhofft, einen meiner Bekannten im Orpheum getroffen und daher alleine drei Bier getrunken. Auch war das übrige Publikum nicht das, was ich mir erhofft hatte. Ein paar verdreckte Hippies saßen an einem runden Tisch und ließen einen Joint kreisen. Zwar hätte ich gegen einige Züge von diesem nichts einzuwenden gehabt, aber dafür wollte ich mir nicht die Gesellschaft der langhaarigen Blumenkinder aufbürden. Am Tresen hockten noch drei in die Jahre gekommene Hausbesetzer, die ihre wilde Phase sicher schon Jahre hinter sich hatten, allerdings im Laufe der Zeit vergaßen, was man in seinem Leben auch noch anderes machen könnte, außer auf Sperrmüll-Matratzen Dosen-Ravioli zu essen, immer in der Angst, plötzlich von einem Räumkommando der Polizei aus der aktuellen Bleibe geprügelt zu werden. Sie sprachen, sofern ich das bei der lauten Musik verstehen konnte, gerade über eine Altkleider-Sammelstelle im Bezirk Pankow, wo sich ein Besuch dringend lohnen würde. Die Adresse ließ ich mir jedoch nicht geben. Überhaupt fiel mir die Musik im Orpheum nach einiger Zeit extrem auf die Nerven. Psychedelische Rockmusik der 70er Jahre war noch nie meine Welt. Und in meinem leuchtend roten Hemd war ich zwischen all den schwarz und naturfarben gekleideten Gästen, was mein äußeres Bild anbelangte, eh völlig deplaziert. Deswegen beschloss ich dann auch nach meinen drei Bieren die Lokalität zu wechseln.

In der Luke fühlte ich mich auf Anhieb besser aufgehoben. Schon vor der Tür war der laute, aggressive Punkrock der Misfits zu hören, und stickige, verrauchte Luft stieg mir beim Betreten dieser düsteren Bar in die Nase. Überhaupt wirkte der Laden auf mich wie der Wartesaal zur Endstation. Die Einrichtung fiel extrem spärlich aus und war mit schäbigen Möbeln und ungemütlicher Beleuchtung sehr karg. Doch das störte die Gäste nicht im Geringsten. Im Gegenteil, das Auftreten und optische Erscheinungsbild der meisten Anwesenden passte genau dazu. In fast sämtlichen Etablissements der Stadt hätte man wohl die Nase gerümpft, wenn derartiges Publikum dort verkehren würde. Die Luke wurde für genau dieses betrieben, vierundzwanzig Stunden am Tag, sieben Tage die Woche. Wer gerade keine Bleibe für die Nächte hatte oder aus welchen Gründen auch immer dort nicht hingehen wollte, konnte solange sitzen bleiben, wie er noch den einen oder anderen Drink bestellte. Und selbst wenn das Portemonnaie irgendwann nichts mehr hergab, schrieb Dodo, die Wirtin der Bar, gerne einen Deckel. Irgendwann bezahlten sie alle bei ihr, denn die Luke war für die meisten Besucher so etwas wie das zweite Wohnzimmer. Wer hier Rechnungen anhäufte, die er nicht später zu begleichen wusste, der durfte sich auch nicht mehr blicken lassen. Das wiederum galt es zu vermeiden, denn wo hätte man sonst hingehen sollen.

Ich ging zum Tresen, bestellte mir ein Berliner Bier und setzte mich an einen freien Tisch mit Blick zur Eingangstür. Hier konnte ich gut verfolgen, wer die Bar betreten und verlassen würde. Mal sehen, ob ich jemanden treffen würde, der mich für diese Nacht bei sich aufnehmen könnte. Das Bier war kühl und wirkte erfrischend. Zum ersten Mal seit meiner abrupten Abreise aus Hamburg hatte ich das Gefühl, ein wenig zur Ruhe zu kommen. Hier und jetzt erschien es mir egal, dass Michael und Eva nicht in der Stadt waren, und ich somit kein festes Quartier für die Nacht hatte. Wenn nichts weiter passieren würde, bliebe ich einfach in der Luke sitzen.

Ich dachte an Susi. Warum musste sie nur zurück zu ihrem Freund in die Arme kehren? Sie wirkte doch auch verliebt, als ich mit ihr über den Hamburger Kiez zog und anschließend die Nacht auf ihrem Sofa verbrachte. Vielleicht war sie enttäuscht, weil ich eben

dieses tat, ohne dabei Anstalten zu machen, sie flach-
zulegen. Aber in unserem berauschten Zustand wäre
der Versuch mit Sicherheit in die Hose gegangen. Außerdem hatte ich geglaubt, noch viel gemeinsame Zeit
mit Susi vor mir zu haben. Jetzt war sie weg, fort und
für mich nicht mehr greifbar. Also nahm ich mir vor,
nicht mehr allzu viele Gedanken an sie zu verschwen-
den, sondern meinen Blick lieber nach vorne zu rich-
ten.

Da sah ich im Moment allerdings nur zwei Skinheads am Tisch vor mir sitzen, die gelangweilt in ihre
Bierkrüge stierten. Viel zu sagen hatten sich die Beiden sichtbar nicht. Warum auch? Sie sahen gleich aus,
trugen den selben Slogan auf der Brust und schienen
auch ansonsten nicht gerade Vorreiter des Individua-
lismus zu sein. Aber welcher Skinhead ist das schon?
Um Individualist zu sein, wird man ja kein Skinhead.
Eher schon aus genau gegenteiliger Motivation heraus. Haare ab, Stiefel an, dazu die entsprechende Klei-
dung, alles strikt geregelt und abgesteckt. Da muss
man sich keine Sorgen machen, nicht richtig angezo-
gen zu sein. Der Dresscode für einen Skinhead ist ja
ziemlich einfach einzuhalten. Und so kann man sich
dann, wenn das erledigt ist, problemlos dem Wesentlichen des Skinhead-Daseins widmen. Und das taten
meine zwei Gegenüber ja auch. Sie saßen in einer
Kneipe, guckten und hielten sich an ihrem Bier fest.

Und was war dann passiert? Beim Rekapitulieren
der vergangenen Nacht kam ich an einen Punkt, an
dem ich nicht weiter wusste. Wie ging es der Luke
bloß weiter? Hatte ich meine nächtliche Gastgeberin
dort kennen gelernt? Oder war ich später noch in einem anderen Lokal? Wo traf ich nur die Frau mit dem
Drachen auf dem Rücken? Wage glaubte ich mich daran zu erinnern, dass ich sie an der Seite der beiden
Skinheads in der Luke gesehen hatte. Sicher war ich

mir da aber nicht. Eigentlich interessierte es mich auch nicht wirklich.

"Oh, Du bist schon wach?" Die Frau an meiner Seite hatte sich zu mir umgedreht und inzwischen die Augen geöffnet. In dem Moment fielen mir weitere Bruchstücke der Nacht ein. Ich hatte in diese Augen geschaut. Lange. Und wenn ich mich recht entsinnen konnte, passierte dieses auch noch in der Luke.

"Kann ich bei dir mal duschen", fragte ich leise, um mich zumindest vorerst dieser peinlichen Situation zu entziehen.

"Na klar. Das Bad befindet sich direkt gegenüber." Sie zeigte mit einer müden Bewegung auf die Zimmertür und ließ den Arm kraftlos wieder aufs Bett fallen.

Jetzt realisierte ich zum ersten Mal, dass ich nackt war. Es war nicht so, dass mich dieser Zustand großartig überraschte, aber nun musste ich mir überlegen, wie ich damit am lockersten und elegantesten umgehen würde. Sollte ich mich erst anziehen, bevor ich rüber ins Bad ginge? Oder war es besser, ganz leger im Adamskostüm dort hinüber zu schlendern? Aber vor einem fremden Menschen, dazu noch einer Frau, befielen mich Hemmungen. Denn auch wenn ich eindeutig die Nacht an der Seite dieser Frau verbracht hatte, war sie mir komplett fremd. Der verdammte König Alkohol! Oder waren auch noch andere Drogen im Spiel gewesen? Ich überprüfte meine Nasenschleimhäute und war der Meinung, dass diese unverkrustet und ohne Spuren von Kokainkonsum waren. Das beruhigte mich, schließlich wollte ich genau damit abschließen und hatte nicht zuletzt auch aus diesem Grunde Hamburg erst einmal den Rücken gekehrt.

Die Frau neben mir schien noch einmal weggedöst zu sein. Schnell stand ich auf, sammelte mein neues rotes Hemd und die übrigen Klamotten ein, die vor dem Bett lagen und verließ das Zimmer. Unter der Dusche bekam ich langsam wieder einen klaren Kopf, ohne dass die Löcher in meiner Erinnerung gefüllt wurden. Auf jeden Fall wollte ich dieser Situation so schnell wie möglich entfliehen. Aber einfach so weglaufen, während sie noch schlief? Das erschien mir dann doch zu un-gentleman-like. Also beschloss ich, einen eiligen Termin vorzuschieben und mir ein Taxi bestellen zu lassen. Zugegeben, eine auch nicht viel elegantere Variante, sich aus dem Staub zu machen.

Kaffeeduft durchzog die Wohnung, als ich aus dem Badezimmer in den Korridor trat. Meine Gastgeberin war also inzwischen erwacht und aufgestanden. Jetzt hieß es, der Anonymität ins Auge sehen und ganz souverän die peinliche Angelegenheit bewältigen.

"Guten Morgen. Hast Du gut geschlafen", wurde ich freundlich begrüßt. Ich schaute mir meine Gegenüber genauer an. Etwas zu stämmig erschienen mir ihre Beine, das Gesicht aber war recht hübsch. Ich stellte fest, dass der Drache auf dem, Rücken nicht ihre einzige Tätowierung war. Auch ihre rechte Wade sowie beide Ober- und Unterarme waren mit asiatischen Motiven verziert. Ein bisschen viel, dachte ich. Die sieht ja aus wie eine Litfasssäule. So etwas gefiel mir nicht. Zumindest nicht so sehr, als dass ich verstehen konnte, warum ich nackt neben ihr aufwachte. Immer dieser Suff, kam es mir erneut in den Sinn. Ich wollte dringend weg.

"Ja, danke. Leider ist es schon viel zu spät. Ich muss längst in Charlottenburg sein."

"Du bist hier aber doch in Charlottenburg."

"Ach so, das habe ich gestern Nacht wohl nicht mehr ganz geschnallt. Ich kenne mich schließlich in Berlin so gut auch nicht aus. Kannst du mir denn trotzdem ein Taxi bestellen? Ich habe es leider echt eilig."

"Wenn du meinst." Sie drehte sich von mir weg und ging zum Telefon. War sie jetzt enttäuscht oder erleichtert? Ich konnte es nicht ausmachen. Jedenfalls würde ich erleichtert sein, wenn das Taxi mich endlich abgeholt haben würde.

Zum Glück brauchte der bestellte Taxifahrer gerade mal acht Minuten, bis er an der Tür klingelte. Aber selbst diese kurze Zeit erschien mir wie eine Ewigkeit. Ich hatte mich nicht getraut nach ihrem Namen zu fragen, da sie mir diesen am Vorabend wahrscheinlich mehr als ein Mal bereits gesagt hatte. Also fragte ich sie unverbindlich nach ihrer Telefonnummer und reichte ihr einen Notizblock aus meiner Jackentasche. Ich wäre ja noch ein paar Tage in Berlin, und vielleicht könnte man sich ja noch einmal wiedersehen. Ich würde sie anrufen. Sie schrieb Martina und eine Berliner Nummer auf. Dann verabschiedete ich mich mit einem kurzen Kuss auf die Wange von ihr und lief das Treppenhaus hinunter. Unten vor der Tür riss ich den Zettel aus dem Block, zerknüllte ihn und warf ihn fort.

"Fahren sie mich bitte zum Savignyplatz", gab ich dem Taxifahrer die Order und ließ mich erleichtert auf die Rückbank fallen.

Während wir am Bahnhof Zoo vorbei durch das morgendlich Berlin fuhren, wollte ich nachschauen, wie viel Bargeld ich von der gestrigen Nacht noch übrig hatte. Eigentlich nicht weiter wichtig, schließlich war mein Konto voll und die Bankkarte in meinem Portemonnaie. Doch wo war mein Portemonnaie? Hektisch tastete ich alle Hosen- und Jackentaschen ab, doch die waren leer.

"Wir müssen zurück. Ich habe mein Portemonnaie vergessen", sagte ich zum Fahrer.

Dieser schaute mich kritisch über die Schulter an. Nickte dann aber kurz und wendete mitten auf der Straße. Wieder vor dem Haus angekommen, welches ich erst vor wenigen Minuten verlassen hatte, wurde mir ein weiteres Problem bewusst. Ich kannte nicht den Nachnamen meiner nächtlichen Affäre. Wo sollte ich also Klingeln? Das Haus war zehn Stockwerke hoch mit jeweils vier Parteien. Ich versuchte mich zu erinnern, wie viele Etagen ich vorhin hinunterlief. Ich meinte, es seien Drei gewesen. Also schaute ich auf die Klingelschilder im dritten Stock. Schmidt, Kataletcz, Täuber und Deutscher war dort zu lesen. Das half mir leider überhaupt nicht weiter. Ich schaute hoch und glaubte, die Gardinen des Schlafzimmers wiederzuerkennen, in dem ich eben erst aufgewacht war. Ich nahm ein kleines Steinchen und warf es vorsichtig gegen das Fenster, welches sich kurze Zeit später öffnete. Martina schaute verdutzt hinaus.

"Ich habe mein Portemonnaie bei dir vergessen. Das müsste irgendwo neben dem Bett liegen." Martina verschwand vom Fenster. Was sollte ich machen, wenn sie es nicht finden oder dieses zumindest behaupten würde? Nicht nur der Taxifahrer, der ungeduldig hinter mir wartete, würde dann zum Problem werden. Zum Glück erschien Martina nach mir ewig erscheinenden Sekunden und winkte mit meiner Geldbörse in der Hand.

"Nächstes Mal passt du wohl besser darauf auf", rief sie und warf mir das Lederetui zu. Ich bedankte und verabschiedete mich erneut von Martina, von der ich immer noch nicht mehr als ihren Vornamen, ihre Wohnungseinrichtung und ein paar Tätowierungen kannte. Ohne weitere Umschweife fuhr mich das Taxi nun zum Savignyplatz.

Ich hatte Glück. Als ich bei Eva und Michael an der Tür klingelte, schaltete sich die Gegensprechanlage an und ich vernahm Michaels Stimme. Erleichterung machte sich bei mir breit. Wenige Augenblicke später saß ich mit Michael an dessen Küchentisch. Vor uns dampfte frischer Kaffee und gab mir das Gefühl von Geborgenheit.

"Und was willst du jetzt hier in Berlin machen", eröffnete Michael das Gespräch.

"Keine Ahnung. Ich musste nur einfach weg aus Hamburg. Dort schien mir die Luft zu dünn zu werden. Ein Tapetenwechsel war also dringend notwendig. Kann ich denn wohl ein paar Tage bei euch unterkommen?"

"Na klar, das ist kein Problem. Sag mir aber lieber mal, warum du es in Hamburg nicht mehr ausgehalten hast. War da etwa eine Frau im Spiel?"

Ich überlegte kurz, ob ich Michael die Geschichte mit dem Kokain und den beiden toten Dealern erzählen sollte, beschloss aber, diese weiterhin für mich zu behalten. Wenn man einmal damit anfängt, so ein abenteuerliches Erlebnis breitzutreten, macht es ganz schnell die Runde, und bald wird man von wildfremden Menschen darauf angesprochen. Mir graute es davor, in irgendwelchen Bars nach Koks angeschnorrt zu werden. Soweit musste es nicht kommen.

"Damit liegst du ziemlich richtig. Letzte Woche habe ich abends ein Mädchen kennen gelernt. Wir haben sogar zwei Nächte miteinander verbracht. Zuerst bei mir, dann bei ihr. Allerdings nicht so, wie du jetzt wieder denkst. Ich habe ganz artig auf der Couch geschlafen. Auf jeden Fall war es wahnsinnig cool mit ihr, und ich glaubte schon, mich mächtig verknallt zu haben. Doch dann meldete sie sich von heute auf morgen plötzlich nicht mehr bei mir, und ich wusste überhaupt nicht was los war. Als ich Susi, so hieß sie übrigens, dann endlich zu Hause bei ihr antraf, steckte sie mir, dass sie wieder zurück zu ihrem Ex-Freund gegangen sei, da sie diesen immer noch lieben würde. Und so stand ich dann da wie ein begossener Pudel." Ich machte eine Pause. Michael reagierte nicht, so dass ich einfach weitererzählte.

"Da ich im Moment eh keinen Job habe, hielt mich deshalb auch nichts mehr in Hamburg. Also kratzte ich mein Konto leer und fuhr nach Berlin."

"Seit wann bist du denn hier in der Stadt?"

"Gestern Abend bin ich angekommen. Da wart ihr ja leider nicht da."

"Und was hast du dann gemacht?"

"Ich bin ein bisschen durch die Kreuzberger Kneipen gezogen und habe mich betrunken. Irgendwo muss ich dann eine Martina kennen gelernt haben, bei der ich vorhin aufwachte und keine Ahnung hatte, wie ich dorthin gekommen war."

Michael schaute mich fragend an. Ich hatte das Gefühl, er konnte und wollte mir so schnell nicht folgen und das glauben, was ich ihm hier auftischte. Dabei stimmte es ja. Ich hatte nur die Vorgeschichte weggelassen. Ich hoffte, Michael würde mich nicht zu sehr mit weiteren Fragen löchern und sich mit meinen Ausführungen zufrieden geben.

"Das war alles zuviel in letzter Zeit für mich. Kein Job, dann das mit Susi. Also dachte ich mir, fahre ich mal für ein paar Tage in eine andere Stadt und versuche mir klar darüber zu werden, wie es für mich weitergehen soll. Vor allem auch beruflich. Da habe ich seit meinem Job in der Plattenfirma nichts weiteres mehr gemacht. Arbeitest du denn noch in dem Comic-Shop", lenkte ich das Gespräch nun in andere Bahnen.

"Bei denen werde ich wahrscheinlich auch in Rente gehen. Ich habe mich so an die Arbeit dort gewöhnt. Und wie sollte ich sonst auch ständig an die günstigen Hefte kommen? So bekomme ich die ja immer zum Einkaufspreis."

"Wann musst du dort denn wieder hin?"

"Erst am Montag. Ich hatte gerade zwei Wochen Urlaub."

"Na dann können wir ja heute gemeinsam auf den Putz hauen gehen, oder?"

3

Am Abend besuchte ich mit Michael und Eva ein Konzert im Limelight, wo diverse Berliner Underground-Bands versuchten, gegen die Ignoranz der anwesenden Kreuzberger Szene anzuspielen. Lediglich der letzten Band gelang dieses dank einer ausschweifenden Bühnenshow ein wenig. Uns konnte die Darbietung allerdings nicht begeistern, so dass wir es vorzogen auf ein Bier das gegenüberliegende Orpheum aufzusuchen. Hier bot sich mir eine weitaus unterhaltsamere Szenerie als noch am Abend zuvor. Dank des beginnenden Wochenendes und des Konzertes im Limelight war die Bar brechend voll, und es dauert einige Minuten, bis ich mich am Tresen durchgedrängelt und drei Bier bestellt hatte. Als ich mich durch die dichtstehenden Gäste zurück zu Michael und Eva geschoben hatte, sah ich, dass diese nicht mehr alleine dastanden. Sie unterhielten sich mit einem Skinhead und einer Frau, in der ich umgehend Martina, meine Affäre der vergangenen Nacht, wiedererkannte. Erst als ich mich direkt zu ihnen stellte und Michael und Eva ihre beiden Biere reichte, drehte sich Martina zu mir um und erkannte mich.

"So schnell trifft man dich also wieder", sagte sie freundlich und lächelte mich an.
"Ihr kennt euch", wollte Eva daraufhin wissen und schaute fragend zu mir herüber. Bevor ich aber antworten konnte, übernahm das Martina schon für mich.
"Den habe ich gestern ziemlich betrunken in der Luke getroffen und kennen gelernt, als er gerade zwei Freunde von mir davon überzeugen wollte, sich doch besser wieder die Haare wachsen zu lassen. Zum Glück haben die das Geschwafel nicht für bare Münze genommen, sonst hätte es auch unangenehmer enden

können. Da der Gute aber keine Bleibe für die Nacht zu haben schien, bot ich ihm an, bei mir zu schlafen, was er auch dankend annahm."

Ich hörte aufmerksam zu. Langsam begann sich das Loch der gestrigen Nacht zu füllen. Martina kannte also die beiden Skinheads, die an meinem Nachbartisch saßen. Warum ich diese allerdings in ein Gespräch verwickelt hatte, konnte ich mir heute nicht mehr erklären.

"Dafür wollte ich mich auch noch mal bei dir bedanken." Ich versuchte mich galant zu geben. "Möchtest du einen Drink?"

"Gerne. Ich trinke Weißweinschorle." Sie hakte sich bei mir unter und drängte an meiner Seite zum Tresen.

"Ich habe schon gedacht, dich nicht mehr wiederzusehen", flüsterte Martina mir ins Ohr. "Das wäre nach unserer Nacht gestern doch eigentlich zu schade gewesen. Bist du denn noch pünktlich zu deinem Date gekommen?"

Ich war aufgrund ihrer herzlichen und dennoch direkten Art etwas irritiert. Aber immerhin schien ihr die Nacht mit mir gefallen zu haben. Das machte es wieder interessant für mich. Wenn ich mich doch bloß hätte erinnern können, wie diese verlaufen war. Vielleicht hatten wir wilden, hemmungslosen Sex zusammen, vielleicht hatten wir uns aber auch nur gut unterhalten. Beides konnte ich mir aufgrund meines gestrigen Alkoholpegels nur schwer vorstellen.

"Ja, ich bin gerade noch rechtzeitig gekommen. Zum Glück hattest du mein Portemonnaie gefunden, sonst wäre es für mich peinlich geworden."

"Was hattest du denn überhaupt für einen dringenden Termin hier in Berlin?"

"Ach, das war rein geschäftlich", log ich sie lapidar an. "Ich habe mich bei einem Unternehmenssprecher vorgestellt, der Interesse an mir hat." Ob sie mir das abnehmen würde, bezweifelte ich. Doch Martina fragte nicht weiter nach, sondern gab sich mit meiner Antwort zufrieden. Ich wurde selbstsicherer.

"Wenn ich mich dann nicht mit den beiden", ich zeigte über die Schulter auf Eva und Michael, "festgequatscht hätte, hätte ich dich auch noch angerufen. Aber so haben wir uns ja eh getroffen. Woher kennst du die zwei überhaupt?"

"Wenn man regelmäßig in Kreuzberg ausgeht, bleibt es irgendwann nicht aus, die Leute, die hier verkehren, zu kennen. Ich weiß nicht, auf wie vielen Konzerten ich Michael schon gesehen habe. Und Eva ist ja in der Regel immer bei ihm. Irgendwann haben wir uns dann wohl mal über irgendwen kennen gelernt. Kreuzberg ist ein richtiges Dorf. Mitten in der Hauptstadt. Für die meisten hier gehören die anderen Stadtteile Berlin bereits zum Ausland."

Nachdem ich Martina ihren Drink bestellt hatte, setzten wir uns an einen gerade frei gewordenen Tisch im hinteren Teil der Bar. Michael und Eva würden uns hier schon finden. Neben uns spielten vier Mädchen zwischen zahlreichen leeren Bierflaschen Domino.

"Sag mal", versuchte ich das Gespräch an mich zu ziehen, „so einige Lücken habe ich, was die gestrige Nacht anbelangt, doch schon. Kannst du mir vielleicht auf die Sprünge helfen? Ich meine zum Beispiel, wie sind wir zu dir gekommen?" Nicht dass mich das am brennendsten interessiert hätte, aber ich hoffte, so auch ein paar weitere Informationen über den Verlauf den Nacht zu erfahren, ohne mir zuviel Blöße geben zu müssen.

"Nachdem ich dich davon überzeugen konnte, dass du nicht noch unbedingt den achten Jägermeister bestellen musstest, sind wir aus der Luke raus und haben uns ein vorbeifahrendes Taxi genommen.

114

Kannst du dich daran gar nicht mehr erinnern? Immerhin hattest du es auch noch großspurig bezahlt."

"Jetzt, wo du es sagst, dämmert es mir." Natürlich tat es das nicht. Doch das war mir ziemlich egal. Es würde wohl stimmen. Über die gemeinsame Nacht in Martinas Bett und die Zeit bis zum Aufwachen neben ihr, wusste ich leider immer noch nicht mehr. Vielleicht sollte ich es einfach als ewiges Rätsel zu den Akten legen.

"Aber an das danach kannst du dich schon noch erinnern", traf mich Martinas Frage wie ins Mark. Was sollte ich jetzt sagen? Mit der Wahrheit rauskommen, ihr gestehen dass ich keinen blassen Schimmer hatte, und mir damit sicherlich ihren Unmut zuziehen. Oder sollte ich auf wissend und genießend machen, auch auf die Gefahr hin, ertappt zu werden. Ich entschied mich für ersteres. Schließlich lag mir Nichts an dieser Frau. Wenn sie also pikiert sein sollte, weil ich unsere möglichen, gemeinsamen sexuellen Ausschweifungen vergessen hatte, würde ich damit Leben können.

"Na ja, ehrlich gesagt auch nur bruchstückhaft. Und noch ehrlicher gesagt, weiß ich von der Zeit zwischen Luke und Aufwachen gar nichts mehr." Ich schaute sie gespannt an und wartete ihre Reaktion ab.

"Das habe ich mir gedacht. So betrunken wie du warst. Die ganze Zeit über hast du den Taxifahrer zugetextet, er solle dir den Alexanderplatz und das Brandenburger Tor zeigen. Nur dank meines entschiedenen Vetos ist uns diese nächtliche, teure Stadtrundfahrt erspart geblieben." Sie machte eine Pause.

"Und bei dir zu Hause? Haben wir nun miteinander oder nicht?"

"Zum Glück nicht. Es wäre ja ziemlich beschämend, wenn wir zusammen gevögelt hätten, und du einen Tag später bereits alles vergessen hättest. Vielleicht hätten wir sogar, du hast ja ziemlich gedrängt, aber als du noch nicht einmal ordentlich einen hoch bekommen hast, erschien es mir sinniger, lieber schlafen zu gehen. Dazu musste ich dich auch nicht lange überreden. Du hast einfach nur genickt, dich umgedreht und bist umgehend eingeschlafen. Ich hatte eigentlich gedacht, dass du das noch wüsstest und deswegen so schnell heute Morgen die Biege gemacht hast."

Ich stockte. Martina ging viel cooler mit der Situation um, als ich gedacht hatte, ja auch als ich es selber tat.

"Und du bist nicht sauer", wollte ich jetzt verlegen wissen.

"Quatsch, ich habe dich ja schon so betrunken in der Luke aufgelesen und daher auch nicht viel mehr erwartet. Aber was nicht war kann ja noch werden." Sie schaute mich listig an und zwinkerte mir mit dem rechten Auge zu. Das machte mich verlegen. Ein Zustand, in dem ich mich alles andere alles wohl fühlte. Es musste schnell ein weiteres Bier her.

Als ich mit meinem neuen Bier zurück zu Martina an den Tisch kam, hatte diese sich inzwischen eine Zigarette angezündet, locker zurückgelehnt und einen teilnahmslosen Blick aufgelegt.

"Was meinst du denn, wie der heutige Abend nun weitergehen sollte", fragte ich sie und versuchte dabei meine Stimme so sicher und fest wie möglich klingen zu lassen. Schließlich wollte ich mir nicht anmerken lassen, dass ich ihrer, wenn auch vielleicht nur vorgeschobenen, Coolness weit unterlegen war.

"Wir sollten vielleicht gleich mal die Lokalität wechseln. Im Neck Club gibt es heute noch ein Soul-Allnighter, bei dem ein Freund von mir auflegt. Hier drin wird es langsam sowieso zu voll."

"Na gut, da bin ich dabei. Ich muss nur mal schnell zur Toilette."

In einem Zug trank ich mein noch fast volles Bier aus und schob mich durch die Leute in Richtung Kellertreppe. Schon oben stieg mir ein unangenehmer Gestank in die Nase. Es roch beißend nach Urin, Schweiß und Sakrotan. Unten auf der Toilette selber war es kaum auszuhalten. Ich hatte Glück und fand keine langen Schlangen vor den Toiletten vor, so dass ich versuchte, schnellst möglich fertig zu werden. Ich hatte mir die Hände noch nicht richtig abgetrocknet und die Klinke schon in der Hand, da öffnete sich die Tür, und Martina kam herein. In die Herrentoilette. Ich war irritiert.

"Nicht so eilig." Sie drückte mich zurück vor das Waschbecken und grinste mich an.

"Bevor wir in den Neck Club fahren, sollten wir uns noch ordentlich aufpeppen." In ihrer rechten Hand hielt sie nun ein kleines Papierbriefchen.

"Ohne mich", wehrte ich entschieden ab. Zumindest versuchte ich, entschieden zu klingen. Mit dem Verkauf des Kokains von Tribi und Jensen hatte ich beschlossen, einen neuen Lebensabschnitt einzuleiten. Das ständige Versumpfen sollte nun endlich mal ein Ende haben. Ich kannte das letztendlich alles zu Genüge. Was sollte mir ein weiterer Kokainrausch noch für neue Horizonte aufzeigen? Ich war in eine beschissene Situation geraten, ohne Job und Perspektiven dafür aber mit hohen Schulden und einer beginnenden Drogensucht. An einem Job und geeigneten Zukunftsperspektiven galt es zu arbeiten, wenn ich zurück in Hamburg wäre, die Schulden sind mehr als glücklich für mich verschwunden und das Drogenproblem wollte ich in diesem Zuge nun auch in den Griff bekommen. Da konnte ich ja nun nicht gleich bei der ersten angebotenen Line zugreifen. Ich wollte eisern bleiben, komme, was da wolle.

"Na gut", erwiderte Martina etwas schnippisch und verschwand ohne ein weiteres Wort in einer der

Klokabinen. Ich ging derweil schon einmal zurück in die Bar und suchte Eva und Michael auf, um ihnen mitzuteilen, dass ich noch mit Martina in den Neck Club fahren wollte. Lust uns zu begleiten, hatten die Beiden nicht mehr, so dass sie mir einen Schlüssel für ihre Wohnung in die Hand drückten. Ich könnte jederzeit nachkommen.

Martina stieß gutgelaunt zu uns, und wir verließen kurz darauf das Orpheum, um uns auf den Weg zum Neck Club im Bezirk Prenzlauer Berg zu machen. Auf dem Weg zum Bus, den wir zu diesem Zwecke benutzen wollten, kamen wir an einer Bierkneipe vorbei, aus der uns laute Musik entgegen dröhnte. "Nur geträumt" von Nena. Es herrschte ausgelassene Stimmung, was ich an zahlreichen Begleitstimmen der anwesenden Gäste auszumachen glaubte. Ich überzeugte Martina davon, hier unbedingt ein Bier zu trinken. Einen Namen schien die Kneipe nicht zu haben. Das machte mir den Laden sympathisch. Die vergilbten Gardinen mit den davor stehenden Plastikprimeln mochten zwar noch keinen Preis für schönes Gastronomie-Interieur gewonnen haben, vermittelten aber einen herrlich unprätentiösen Eindruck.

"Weißt du, was ich mir heute gekauft habe", wurde ich von der bulligen Gestalt begrüßt, die nahe der Tür stand, als wir die Kneipe betraten. Er war bald zwei Meter groß und bestimmt drei Zentner schwer. Mit Pferdeschwanz und einem beeindruckenden Schnauzbart erinnerte er mich stark an Obelix, den Hinkelstein tragenden Gallier. Ohne eine Antwort von mir abzuwarten fuhr er weiter fort.
"Einen DVD-Player. Und weißt du auch warum?" Seinem erwartungsvollen Blick entnahm ich, dass er jetzt auf eine Reaktion meinerseits wartete.
"Vielleicht um dir Filme anzuschauen?"

"Richtig. Und weißt du auch welche?" Wieder wartete er keine Antwort von mir ab.

"Es gibt jetzt eine DVD-Box mit allen fünf Teilen von "Rocky". Die musste ich einfach haben. Vor allem soll die Qualität auch viel besser sein als bisher bei der Video-Version." Er machte eine Pause und lauerte auf meinen Kommentar. Martina stand inzwischen am Tresen und hatte zwei Biere bestellt. Der Blick, den sie mir herüber warf, war genauso fragend wie meiner. Ich kannte Obelix nicht, hatte ihn noch nie gesehen. Er aber schien mich entweder für einen alten Bekannten zu halten oder verwickelte wahllos Leute, die in die Kneipe kamen, in solch geistreiche Unterhaltungen. Ich beschloss jedenfalls, auf ihn einzugehen.

"Dann können wir uns die fünf Filme ja morgen gemeinsam bei dir anschauen. Darauf sollten wir einen trinken." Obelix brummte mich zustimmend an. Auf was würde ich mich da wieder einlassen?

Ich rief Martina zu, sie solle noch zwei Wodka für Obelix und mich mitbestellen. Das tat sie auch und kam damit zu uns herüber.

Wir tranken aus, und ich verabschiedete mich in Richtung Musikbox, um für musikalisch Untermalung zu sorgen. Nena hatte inzwischen aufgehört zu singen.

"Du bist wohl zum ersten Mal hier, was?" Die verrauchte, geschlechtslose Stimme riss mich aus meinem Grübeln, ob ich mich für die Beatles oder Beach Boys beim nächsten Lied entscheiden sollte. Ich drehte mich um und schaute in ein fast zahnloses Gesicht, was bei genauerem Hinsehen zweifelsfrei weiblich zu sein schien. Sie sah aus wie eine Greisin, in Wirklichkeit dürfte sie aber kaum Älter als vierzig gewesen sein.

"Da hast du recht. Aber warum sieht man mir das sofort an"; wollte ich von ihr wissen.

"Der einzige, der hier Geld in die Box wirft, ist hin und wieder mal der Wirt. Sonst versaufen die Leute hier lieber ihre wenigen Kröten. Das solltest du auch tun."

"Zu spät. Das Geld habe ich bereits eingeworfen. Such dir doch einfach auch ein Lied aus. Zwei habe ich noch frei."

Während sie die Liederliste nach einem würdigen Hit durchging, sagte sie beiläufig zu mir: "Du bist ja eigentlich ein ganz Süßer. Mit dir könnte ich mir auch mal vorstellen, nach draußen ums Eck zu gehen." Jetzt richtete sie ihren Blick auf und schaute mich mit ihren traurigen Augen an. Mit dieser plötzlichen Anmache hatte ich nicht gerechnet und wusste daher nicht, wie ich spontan reagieren sollte.

"Und dann? Was sollen wir dort machen", gab ich mich naiv und unwissend.

"Frag doch nicht so blöd mein Kleiner. Ich wüsste schon, was wir beide zusammen anstellen könnten." Dieses plumpe Flirten wurde mir zu blöd. Über die Schulter hinweg sah ich Martina genervt neben Obelix stehen. Anscheinend hielt sie nichts mehr hier. Ich wollte also schnell das Gespräch beenden und den Weg zum Neck Club einschlagen.

"Vielleicht könnten wir ja einen Zahnarzt suchen gehen." Ohne Vorwarnung schlug sie mir mit der Faust aufs rechte Auge, und ich sah nur noch die viel zitierten Sterne. Ich fasste mir an die Braue und spürte das warme Blut.

"So etwas muss ich mir nicht bieten lassen. Nicht von so einem Bengel wie dir." Sie holte aus, um ein weiteres Mal zuzuschlagen, doch eine große Hand fasste rechtzeitig ihren Arm. Hinter ihr stand mein neuer Freund Obelix.

"Gisela, jetzt reicht es. Ich muss morgen mit dem noch "Rocky" gucken. Da kannst du den nicht einfach so vermöbeln. Er schubste sie auf einen nahestehenden Stuhl, wo sie apathisch sitzen blieb.

"Und du gehst dir jetzt erst einmal die Rotze aus dem Gesicht waschen", fuhr Obelix in meine Richtung weiter fort. Inzwischen stand auch Martina neben ihm und schaute mich besorgt an. Ich selber war noch wie benommen und folgte Obelix' Weisung.

Während ich mir auf der Toilette das Gesicht wusch und feststellte, dass die Blutung langsam aufhörte, wollte ich plötzlich nur noch hier fort. Plötzlich sah ich Martina neben mir im Spiegel, ohne dass ich sie hatte reinkommen hören.

"Geht es wieder, mein tapferer Krieger", fragte sie mit gespielter Mütterlichkeit. "Du hast dir ja wirklich einen gefährlichen Gegner ausgesucht. Vielleicht sollten wir hier besser mal verschwinden. So gemütlich ist die Stimmung da oben nicht gerade. Die Alte keift in einer Tour rum."

Den Plan fand ich gut. Ich trocknete notdürftig mein Gesicht, nahm Martinas Hand und verließ schnurstracks die Bar, ohne die Anwesenden noch eines Blickes zu würdigen. Schade, mit der "Rocky"-Session würde es morgen wohl nichts werden.

Draußen an der frischen Luft wurde mir plötzlich schwindelig. Das Bier, der Wodka und sicher auch nicht zuletzt die geplatzte Augenbraue hatten mich doch mehr aus der Bahn geworfen als zuerst angenommen. Mit wackeligen Beinen blieb ich an einem Laternenpfahl stehen.

"Los, der Bus kommt jeden Moment. Wir wollen doch noch in den Neck Club, drängte mich Martina. Ihr schien es reichlich egal zu sein, dass ich mich kaum noch auf den Beinen halten konnte.

"Mir geht es gerade gar nicht gut. Ich komme daher nicht mit, sondern fahre zu Michael und Eva, um mich ein bisschen abzulegen. Die zahnlose Ziege hat mich doch kräftig außer Gefecht gesetzt." Martina zuckte nur mit den Schultern.

"Na gut, dann fahre ich eben alleine." Im selben Moment bog der Bus um die Ecke, Martina gab mir noch schnell einen Kuss auf die Wange, hüpfte die paar Meter bis zur Haltestelle und stieg ein.

Da stand ich nun also schon wieder nachts alleine in Kreuzberg. Ich ärgerte mich über Martina. Eigentlich hatte ich sie heute Mittag schon fast vergessen und nur aus Höflichkeit noch einen Drink mit ihr nehmen wollen. Aber jetzt waren die Fronten endgültig geklärt. Wir hatten nicht miteinander geschlafen, es gab daher auch keinerlei moralische Verpflichtungen. Außerdem war Martina auf Koks unterwegs, ich wiederum wollte genau davon loskommen. Es war also sicherlich besser, mich abzuseilen und sie alleine ziehen zu lassen. Immerhin besaß ich einen Schlüssel zur Wohnung von Michael und Eva, wo ein gemütliches Gästebett auf mich wartete. Ich hielt ein Taxi an und ließ mich dorthin fahren.

Als ich bei Eva und Michael ankam, schliefen die Beiden schon. Anscheinend waren sie vernünftiger als ich und haben vom Orpheum aus direkt den Heimweg angetreten. Wenn ich mich ihnen angeschlossen hätte, würde morgen kein blaues Auge mein Gesicht zieren. Aber ich hatte es ja so gewollt.

Leise betrat ich das Gästezimmer der Wohnung und fing an, mich fürs Bett fertig zu machen. Dabei fiel mir auf, dass ich immer noch mein neues, rotes Hemd trug, welches ich mir in Hamburg gekauft und seitdem getragen hatte. Es roch inzwischen unangenehm. Wenn ich es unter die Nase hielt und die Augen dabei schloss, fühlte ich mich gleich zurück in die Bierbar versetzt. Deshalb hing ich das Hemd zum Lüften auf einen Bügel vor das geöffnete Fenster. Ich zog mich nackt aus und ging unter die Dusche. Das lauwarme Wasser tat mir gut. Langsam wurde ich wieder nüchtern. Lediglich das Auge schmerzte ein wenig. Kurze Zeit später legte ich mich zu Bett und hatte das Gefühl, an diesem Abend zumindest einigermaßen richtig gehandelt zu haben. Das Kokain hatte ich dankend abgelehnt und in Begleitung der verstrahlten Martina war ich auch nicht mehr in den Neck Club gefahren. Überhaupt wusste ich gar nicht, warum ich den Abend über wieder mit ihr unterwegs war. Ihre Telefonnummer hatte ich mir immerhin nicht noch einmal geben lassen. Wozu auch? Mir lag immer noch nichts an dieser Frau, und wahrscheinlich würde das auch so bleiben, egal wie viele Nächte ich mit ihr noch verbringen würde. Es funktioniert ja doch nie, sich jemanden schön zu trinken, selbst wenn man zusätzlich sämtliche Drogen der Welt einsetzt. Diese Erfahrung hatte ich oft genug gemacht. Jetzt wollte ich in die andere Richtung Erlebnisse machen. Es war Zeit für eine emotionale Umstellung. Ehrliche Vernunft vor erkauftem Vergnügen. Ich nahm mir vor, mein Leben in diese Richtung weiterzuführen, beim nächsten Mal allerdings auch noch ohne Kneipenschlägerei.

4

Wenn man vor dem Zubettgehen kalt duscht, eine Flasche Mineralwasser trinkt und sich noch eine Aspirin auflöst, ist es sehr gut möglich, am nächsten Morgen ohne den bekannten Kater nach durchzechter Nacht aufzuwachen. So ging es mir am Samstag, als ich vorsichtig in Michael und Evas Gästezimmer meine Augen öffnete. Wie schon in den Tagen zuvor schien auch heute die Sonne. Ein jungfräulicher Tag lag vor mir und wollte erlebt werden. Am besten mit einem ausgiebigen Sightseeing-Programm. Zwar hatte ich die meisten Sehenswürdigkeiten Berlins in der Vergangenheit alle schon mal besucht, aber da die Stadt ja ständig um- und neu bebaut wurde, gäbe es sicherlich einiges, mir bislang noch unbekanntes zu entdecken. Also machte ich mich auf den Weg. Michael fragte ich noch, ob er mich begleiten wollte, dieser lag aber noch schwer von der vergangenen Nacht gezeichnet im Bett und machte auch keine Anzeichen, dieses in absehbarer Zeit einmal zu verlassen. Dann würde ich mich halt alleine dem Städtetourismus widmen.

Ich verließ die Wohnung. Im Erdgeschoss des Hauses befand sich eine christliche Buchhandlung, die immer, wenn ich Michael und Eva besucht hatte, geschlossen war. Auch an diesem Vormittag war der Laden dunkel und die Tür zu. Die Auslage im Schaufenster hatte mich neugierig gemacht. "Dein Weg zu Jesus Christus", "Jesus Hilf!", "Erkenne die Zeichen der Zeit". Ein ganzer Schaukasten widmete sich dem Thema "Satanismus und Rock-Musik", was meine besondere Aufmerksamkeit auf sich zog. Auf einem Informationsschild konnte man lesen, dass der Bandname Kiss in Wahrheit für "Kings In Satan*s Service" stehen würde und AC/DC's "Highway to hell" als eindeutige Liebeserklärung an Luzifer persönlich zu verstehen sei. Die entsprechende und begleitende Lektüre dazu wurde günstig feilgeboten. Gerne hätte ich mich damit eingedeckt. Aber es standen auch keine Öffnungszeiten des Ladens an der Tür. Wann kaufen engagierte Christen denn ihre Bücher, fragte ich mich. Und wie jemand ausschaut, der ausschließlich Literatur christlichen Inhalts verkauft, hätte mich auch interessiert. Aber ich vermutete, dieses Rätsel wird mir auf ewig ein solches bleiben. Also kaufte ich stattdessen den Berliner Tagesspiegel am benachbarten Kiosk und setzte mich damit auf eine Bank am Savignyplatz. In einem Anflug von Voyeurismus las ich von besorgten Brandenburger Dorfbewohnern, die sich mit aller Macht gegen die Eröffnung eines Swinger-Clubs in ihrer schönen Gemeinde stemmten. Zwei Seiten weiter sorgte sich eine Mutter, um ihre beiden Töchter, die vor zwei Wochen ins Zeltlager aufbrachen, dort aber nie ankamen. In diesem Zusammenhang fiel mir ein, dass ich niemandem in Hamburg von meinem Trip nach Berlin erzählt hatte. Ich kaufte an dem Kiosk noch eine Telefonkarte und rief zu Hause bei meinem Mitbewohner Udo an, welcher sich direkt meldete.

"Hallo Udo. Ich wollte mich nur mal schnell bei dir melden, um Bescheid zu geben, dass ich in Berlin bei Michael und Eva bin. Falls mal einer nachfragen sollte. Ich werde wohl noch ein paar Tage bleiben."

"Und ob hier jemand nachgefragt hat. Gestern stand so ein fertiger Junkie vor der Tür der dich sprechen wollte. Als ich sagte, du seist nicht da, und ich hätte auch keine Ahnung wann du zurück sein würdest, meinte er nur, ich solle ihn nicht verscheißern. Und wenn ich dich das nächste Mal sehen würde, sollte ich dich daran erinnern, die Schnauze zu halten. Kannst du mir erklären, in was für einer Scheiße du da gerade steckst?"

Ich musste schlucken. Sicherlich war es der Iggy Pop gewesen, den ich am Tag des Mordes bei Tribi und Jensen aus dem Haus laufen sah und der danach in Begleitung von Matze bei mir zu Hause das Kokain kaufte. Aber warum drohte er mir? Hatte ich mich falsch verhalten? Wahrscheinlich hatte er mich erkannt, als er mit Matze bei mir war. Doch er musste sich keine Sorgen machen. Ich steckte ebenfalls in der Sache drin, wenn auch nicht als Mörder. Trotzdem würde ich keinem davon erzählen. Niemand, außer Susi, wusste von der ganzen Angelegenheit. Die hatte Iggy Pop ja einfach neben den toten Dealern sitzen lassen. Udo wollte ich auch nicht damit hineinziehen. Daher gab ich mich gleichgültig.

"Ach, den kenne ich. Bei dem habe ich mal ein bisschen Dope gekauft. Aber anscheinend hat er eine schlimme Paranoia und befürchtet ständig, von der Polizei hochgenommen zu werden", behauptete ich lapidar.

"Ganz dicht schien der Kerl wirklich nicht zu sein. Ich habe nur keine Lust, dass solche Gestalten hier regelmäßig aufkreuzen."

Ich beruhigte Udo ein wenig und fing an das Thema zu wechseln. So erzählte ich ein bisschen von Berlin und fragte anschließend, ob immer noch Ratten in unserer Küche wohnen würden.

"Nein, Sandy ist gestern samt der Ratten zurück nach Oberhausen zu ihrem Freund gefahren. Ihr Freund habe ihr am Telefon versichert, von nun an ein besserer Mensch zu sein."

"Bist du traurig? Warst Du in die Frau verknallt?"

"Ach Quatsch. Die ging mir schon am ersten Tag auf die Nerven. Und gut ficken konnte sie auch nicht."

Manchmal konnte Udo ein ausgesprochener Rationalist sein. So etwas wie Liebeskummer schien er nicht zu kennen. In diesem Moment musste ich wieder an Susi denken und beneidete ihn darum.

"Sag mal", setzte Udo an, "hast du das schon von Tribi und Jensen gehört? Die kanntest du doch auch, oder nicht?"

Wieder wuchs der Kloß in meinem Hals. Ich wurde nervöser, gab mich aber ahnungslos.

"Wieso? Was ist mit den Beiden?"

"Gestern hat die Polizei die Zwei tot in ihrer Wohnung gefunden. Erschossen. So wie es aussieht, haben sie von dem Täter keine Spur. Wahrscheinlich irgendeine Drogengeschichte. Das würde ja auch passen."

"Erschossen", fragte ich Erstaunen vorspielend. "Und woher weißt du das?"

"Mensch, die Zeitungen sind voll davon. Außerdem sprach gestern Abend im Point One keiner von etwas anderem."

"Früher oder später passiert so etwas wohl, wenn man zu lange mit den falschen Leuten Geschäfte macht", sagte ich gleichgültig und verabschiedete mich von Udo.

Mein Herz raste und meine Knie drohten nachzugeben. Ich setzte mich wieder auf die Parkbank. Dass mich die Geschichte so schnell wieder einholen würde, hatte ich nicht erwartet. Wie konnte ich auch ernsthaft annehmen, dass durch meine Flucht aus Hamburg, die Sache ausgestanden sei. Das schlimmste würde noch kommen. Jetzt hatte sich die Polizei der Sache angenommen. Und da die Medien großes Interesse an dem Fall zu haben schienen, wird dieser wohl auch mit Nachdruck bearbeitet. Wenn nun irgendein Zeuge auftauchen würde, der mich und Susi beim Betreten der Wohnung oder Verlassen des Hauses gesehen hatte. Aber andererseits war ich nicht aktenkundig, und es würde daher schwerfallen, meine Identität herauszufinden. Aber was, wenn die Polizei Iggy Pop schnappte und dieser auspacken würde? Dann würde mit Sicherheit auch zur Sprache kommen, dass ich das Kokain aus der Wohnung mitgenommen und ihm und Matze später verkauft hatte. In diesem Zusammenhang kam Iggy Pop bestimmt gestern auch bei mir zu Hause vorbei. Zum ersten Mal fragte ich mich, wieso der Kerl, der Tribi und Jensen kaltblütig erschossen hatte, mir das Kokain abgekauft und es sich nicht einfach, notfalls mit Gewalt, geholt hatte. Stattdessen wickelte er in Begleitung von Matze ganz nüchtern den Kauf ab. Ich beschloss, Matze anzurufen. Vielleicht könnte er etwas zu meiner Beruhigung beisteuern.

Das Telefon klingelte vier Mal, dann nahm Matze ab. Ich kam gleicht zur Sache.

"Hallo Matze. Ich bin gerade in Berlin, habe aber gehört, dass die Polizei an der Sache mit Tribi und Jensen dran ist. Weißt du da genaueres? Wissen die schon etwas von der Sporttasche?"

"Dass du dich auch noch einmal meldest", erwiderte Matze, der scheinbar auch schon versucht hatte, mich zu erreichen. "Aber ich kann dich beruhigen. Die Bullen wissen von nichts und tappen komplett im Dunkeln. Scheinbar gibt es auch keine Zeugen, die möglicherweise etwas gesehen haben könnten. Es ist auch nicht davon die Rede, dass aus der Wohnung größere Mengen Kokain verschwunden sind. Mach dir also mal nicht ins Hemd. Selbst wenn sie den Täter finden, werden sie nicht auf dich kommen."

"Dein Kollege, mit dem du bei mir warst, stand gestern noch mal vor unserer Tür und hat mir über meinen Mitbewohner Drohungen ausrichten lassen, unbedingt die Schnauze zu halten. Traut der mir nicht?""Ich weiß auch nicht genau. Zu mir war er auch sehr merkwürdig. Ich hatte schon die Vermutung, er würde irgendwie in der Mordgeschichte drinstecken."

Kurz überlegte ich, Matze davon zu erzählen, dass ich Iggy Pop unmittelbar nach der Tatzeit aus dem Haus, in dem Tribi und Jensen wohnten, hatte kommen sehen. Da mich dieser aber dort möglicherweise doch nicht wahrgenommen hatte, wollte ich es nicht weiter hochspielen und behielt dieses Detail für mich.

"Falls du ihn noch einmal sprechen solltest, kannst du ihn beruhigen. Für mich ist die ganze Angelegenheit bereits zu den Akten gelegt und ich will nur meine Ruhe haben. Sollte mich jemand fragen, so weiß ich von nichts."

Matze wünschte mir noch viel Spaß in Berlin, und wir beendeten das Telefonat. Ich war etwas beruhigter. Matze klang sehr gelassen. Das hatte sich ein bisschen auf mich übertragen. Der Mord an den zwei Dealern und Fund und Verkauf des Kokains waren zwei Paar Schuhe. Was den Mordfall anbelangt, war ich nur ein Zeuge, der keine Aussage machte. Damit konnte ich leben. Warum sollte ich mich auch in die Drogenpolitik von Leuten wie Tribi, Jensen und Iggy Pop einmischen. Wer da wen umbrachte, ging mich nichts an. Und hätte ich die Sporttasche nicht mitgenommen, würde sie nun in der Asservatenkammer der Hamburger Polizei vergammeln oder ein korrupter Beamter würde das Kokain von dort aus verkaufen. So war ich aber ohne Probleme und großen Aufwand an fünfzigtausend Mark gekommen. Was nun weiter mit den zwei Kilogramm Kokain passieren würde, interessierte mich nicht. Außerdem konnte ich das sowieso nicht mehr beeinflussen. Ich würde einfach so weitermachen wie bisher. Meine Geschichte würde ich für mich behalten. Dann käme ich auch unbeschadet aus der Sache raus und würde mich schon bald auf mein neues Leben ohne Kokain und mit beruflichen Perspektiven konzentrieren können.

Die Aufregung der zwei Telefonate hatte dafür gesorgt, dass mir die Lust auf einen ausgiebigen Stadtbummel durch Berlin kräftig vergangen war. Stattdessen war ich zum Prenzlauer Berg gefahren und hatte mich auf ein Weizenbier in ein Straßencafé gesetzt. Während ich den hippen Berlinern beim Flanieren durch ihr Viertel zuschaute und meine Gedanken schweifen ließ, sammelte ich wieder Mut für meinen neuen Lebensanfang. Es musste doch auch für mich möglich sein, einen Platz in der arbeitenden Gesellschaft zu finden, der mich ausfüllen und zufriedenstellen würde. Vielleicht wäre es dann auch für mich erstrebenswert, mit einem portugiesischen Milchkaffee auf billigen Plastikstühlen zu sitzen und über den Arbeitsalltag irgendeiner Kreativ- oder Medienagentur zu palavern. Vielleicht würde ich auch gelb getönte Sonnenbrillen tragen, in figurunfreundlichen Baggy-Trousers stecken und witzige Slogans auf meinen T-Shirts zur Schau stellen. Ich fragte mich, was man so tagtäglich in der großen weiten Welt der Medien und Werbung zu tun hat. Gab es dort wirkliche Arbeit im klassischen Sinne? Musste man dort auch mal richtig anpacken oder hangelte man sich nur von Meeting zu Brainstorming und wieder zurück? Ich würde es herausfinden. Ich nahm mir vor, ausgiebig Bewerbungen an alle angesagten Agenturen der Stadt zu schicken, wenn ich zurück in Hamburg sein würde. Ein Praktikumsplatz sollte dabei doch wenigstens für mich herausspringen. Das geringe Praktikantengehalt würde mich nicht weiter stören, denn mein Kontostand würde mir einige Monate finanziellen Freiraum ermöglichen. Vielleicht könnte mir mein Freund Dungo dabei behilflich sein. Immerhin war er seit einigen Jahren in einer Werbeagentur am Baumwall mit Blick auf den Hafen beschäftigt und hatte dort, soweit ich das einschätzen konnte, einen sehr guten Stand. Da würde er doch wohl mal einen Praktikanten vermitteln können, dachte ich.

Langsam nahmen meine Zukunftspläne Gestalt an. Meine Stimmung stieg, und ich beschloss, diesen neuen Abschnitt mit einem Glas Prosecco zu begießen. Das trank man hier im Arkaden Cafe. Innerhalb der letzten Stunde hatte ich dieses ausgiebig bei zahlreichen Gästen beobachtet. Aber alleine trank hier keiner Prosecco. Ich brauchte also jemanden zum Anstoßen. Seit einer guten halben Stunde saß auf der gegenüberliegenden Straßenseite ein Bettler, der sich und seine zwei Hunde hinter ein großes Schild mit der Aufschrift "Habe Hunger und Durst" plaziert hatte. Ich winkte ihn zu mir herüber. Nach kurzem Zögern und mit einem fragenden Blick in den Augen kam er langsam zu mir.

"Hunger kann man länger ertragen als Durst. Wie wäre es mit einem Drink", fragte ich ihn höflich und gab sogleich der Kellnerin ein Zeichen, uns zwei Gläser Prosecco zu servieren. Mein Gegenüber schwieg. Er schaute mich nur mit großen Augen an und schien sich sehr über die Einladung zu wundern. Das sollte er ruhig. Hauptsache ich musste nicht alleine auf meine Karriereplanung anstoßen. Als die Kellnerin uns die Gläser brachte, wollte ich dem Bettler zuprosten, doch er schüttete sich den Prosecco in einem Zug hinunter. Ich guckte ihm verwundert dabei zu und nahm selber einen Schluck.

"Ihr verdammten Yuppies. Erst macht ihr euch in meinem Viertel breit, vertreibt uns mit euren Modernisierungen aus unseren alten Häusern auf die Straße und spielt dann noch die großmütigen Edelmänner, indem ihr glaubt, mit so einer blöden Einladung euer Gewissen beruhigen zu können. Ihr widert mich an." Er sprach es, stand auf, drehte sich um und ging ohne mich eines weiteren Blickes zu würdigen zurück zu seinen Hunden. So schnell konnte man also die Seiten tauschen. Es war erst einige Tage her, da wusste ich selber kaum, wie ich mir meine nächste Mahlzeit finanzieren sollte, und nun wurde ich als neureiches Arschloch bestimmt. Und der Bettler hatte ja noch nicht einmal Unrecht. Der Verkauf des Kokains hatte mich von einem Moment auf den anderen reich gemacht. Auch wenn dieser Begriff sicherlich relativ zu betrachten war und meine fünfzigtausend Mark für manch anderen nur ein Vermerk in der Portokasse wert wären. Im Vergleich zu dem Bettler mit seinen Hunden war ich im Moment jedoch reich. Aber hatte dieser deshalb das Recht, mich zu beschimpfen? Ich gestand es ihm zu, denn noch zu gut waren die Erinnerungen an das Gefühl, nicht dazuzugehören, zu den kaufkräftigen Teilen unserer Gesellschaft. Wenn man auch mal spüren wollte, wie es ist, sein Geld für sinnlose Luxusartikel auszugeben, dieses aber nicht konnte, weil man keines hatte. Die daraus entwachsende Ohnmacht kippte schnell in Wut auf diejenigen, die es sich erlauben konnten und das auch ungeniert vormachten. So wie ich jetzt, der am hellichten Tage in einem überteuerten Café saß und wildfremde Leute einlud.

Am Abend sollte es erneut zu einem Konzert gehen. Heute stand eine weißrussische Folk-Punk-Band auf dem Programmplan. Diese gastierte im Rockturm, einem Live-Club in der Wiener Straße, in dem allabendlich die obskursten Bands zum Tanz aufspielten. Aus diesem Grunde traf ich mich um acht Uhr mit Michael und Eva im benachbarten Wiener Haus, wo wir uns bei ein paar Bieren auf das Konzert einstimmen wollten. Von meinen Telefonaten am Vormittag erzählte ich lieber nichts. Stattdessen plauderten wir über den neuen Film von Quentin Tarantino, der aber unserer einhelligen Meinung nach "Pulp Fiction" nicht das Wasser reichen konnte. Genauso wenig wie das aktuelle Album von Pulp gegen seinen Vorgänger bestehen konnte. Langsam kamen wir in Stimmung. Inzwischen hatten sich noch zwei Freunde von Eva zu uns gesellt, welche sich für den Abend ähnliche Prioritäten wie wir gesetzt hatten. Die Namen der beiden wurden mir zwar kurz genannt, doch genauso schnell hatte ich diese auch bereits wieder vergessen. Für mich waren es Dick und Doof, und zwar war nicht einer Dick und einer Doof, sondern jeder beides. Zumindest wogen sie sicherlich zusammen nicht weniger als vier Zentner und einen besonders cleveren Eindruck machten sie auf mich auch nicht. Vielleicht lag es auch nur daran, dass beide schon kräftig getankt zu haben schienen. Auch im Wiener Haus kamen sie ohne große Umschweife zum Wesentlichen. Sie fingen umgehend damit an, zu ihrem Bier diverse Schnäpse zu bestellen. Die Unterhaltungen wurden lauter, hitziger. Schließlich waren wir uns wirklich nicht darüber einig, ob die Bayern nun verdient die Meisterschaft gewonnen hatten oder nicht.

Vom Konzert selber bekam ich nicht allzuviel mit, da ich es mir ziemlich schnell am Tresen im Rockturm bequem gemacht hatte. Von hier aus konnte man die Bühne zwar nicht sehen, hörte aber alles in mehr als ausreichender Lautstärke und saß vor allem viel dichter an der Bierversorgung. Noch während die Weißrussen ihre Instrumente malträtierten, kamen meine zwei Gastgeber zu mir und teilten mir mit, dass ihnen das Konzert überhaupt nicht gefalle und sie deshalb nach Hause fahren würden. Ich nahm das verwundert zur Kenntnis, denn auch mir gefiel die folkloristische Darbietung der fünf Punks dort auf der Bühne nicht im geringsten, sah aber deshalb nicht die Notwendigkeit, diesen schönen Samstagabend bereits zu beenden. Also verabschiedete ich mich von Michael und Eva und widmete mich wieder meinem Bier. Dick und Doof sah ich übrigens das Konzert über nicht. Wahrscheinlich waren sie gleich am Tresen des Wiener Haus geblieben. Mir sollte es recht sein, ich blieb jetzt an diesem hier sitzen.

5

Als ich erwachte, drang der Lärm spielender Kinder in mein Ohr und ließ mich laut fluchen. Konnte man in dieser Stadt denn nie richtig ausschlafen? Und überhaupt, wo hatte ich geschlafen? Ich lag mitten auf einer Wiese zwischen den Ball spielenden Kindern und einer frühstückenden türkischen Großfamilie. Sonntagmorgen in Berlin. Der Park kam mir bekannt vor. Ich erinnerte mich, gestern Abend auf dem Weg ins Wiener Haus hier durchgekommen zu sein. Der Görlitzer Park fing direkt auf der gegenüber liegenden Straßenseite an. Scheinbar wollte ich diesen auf meinem gestrigen Heimweg passieren, zog es aber aus mir nun nicht mehr nachvollziehbaren Gründen vor, dort ein kleines Nickerchen zu machen. Meine Kleider fühlten sich klamm an, meine Hände zitterten und in meinem Inneren hatte sich der inzwischen fast schon liebgewonnene Kater breitgemacht. Ich stand auf und trottete noch reichlich verdattert in Richtung Parkausgang.

Der zweite Filmriss innerhalb von drei Tagen. Scheinbar war Berlin für mich doch nicht so ein gutes Pflaster, um mein Leben langsam aber sicher in geordnete Bahnen zu lenken. So konnte es nicht weitergehen. Ich befürchtete, an den nächsten Tagen weiterhin genauso zu versumpfen wie bisher in dieser Stadt. Und das war es ja nicht, was ich wollte. Auf dem Weg zu Michael und Eva beschloss ich, Berlin zu verlassen und an einen ruhigeren Ort zu fahren. Mir kam das Meer in den Sinn. Dort würde ich mich erholen und Kraft tanken können, um für meine Rückkehr nach Hamburg gestärkt zu sein. Vor einigen Jahren war ich mal mit zwei Freunden für einige Tage in Cuxhaven zelten. Das hatte mir gefallen. Vielleicht sollte ich dahin fahren und mir ein schönes Zimmer mit Meerblick suchen.

Als ich bei Michael und Eva ankam war es gerade einmal neun Uhr. Ziemlich früh für einen Sonntag, dachte ich mir. Dennoch waren meine Gastgeber bereits außer Haus. Ich packte meine Sachen zusammen und stellte dabei fest, dass mein neues rotes Hemd, gar nicht mehr so neu aussah und vor allem nicht so roch. Also ging ich an Michaels Kleiderschrank und nahm mir ein schwarzes T-Shirt von ihm. Auf die Rückseite eines alten Flugblatts schrieb ich:

"Ich musste dringend fort. Für die Reise habe ich mir ein T-Shirt geliehen. Vielen Dank für alles. Bis bald."

Unterwegs zum Bahnhof Zoo kam ich an einem Flohmarkt vorbei. Reges Treiben herrschte an den unzähligen Ständen und Buden. Ich hatte es bislang nicht für -möglich gehalten, dass an einem Sonntag zu solch früher Morgenstunde bereits so viele Menschen auf den Beinen sind. Was treibt die Leute dazu, auch am Sonntag, dem einzigen Tag in der Woche, an dem die Geschäfte geschlossen haben, ihre Konsumsucht anderweitig zu befriedigen und in aller Herrgottsfrühe auf Flohmärkten unsinnige Dinge zu kaufen? Kann man heutzutage keinen Tag mehr ohne Konsum verleben? Was erfreut die Leute daran, in ihrer Freizeit ständig Geld auszugeben? Um mir diese Fragen eventuell beantworten zu können, reihte ich mich in die Menschenmenge ein und schlenderte an den verschiedenen Ständen vorbei. Als ich nach zehn Minuten immer noch nichts gesehen hatte, was ich auch nur im geringsten hätte besitzen wollen, kaufte ich ein ferngesteuertes Modellauto, welches ich umgehend einem kleinen Jungen schenkte, der auf einer alten Decke hinter wenigen Comics saß und sicher hoffte, damit ein paar Mark verdienen zu können. Da aber niemand seine alten Hefte haben wollte, tat er mir leid. Zuerst verstand er gar nicht, dass ich ihm das Auto schenken wollte. Erst als er langsam Begriff, dass die

Sache keinen Haken hatte, fingen seine Augen zu leuchten an. Er begann sofort damit, den Wagen auszuprobieren. Bereits nach wenigen Sekunden war er ganz gefesselt. Ich ging weiter und freute mich über meine gute Tat.

Am Bahnhof Zoo ging es weit beschaulicher zu als noch am Tage meiner Ankunft. Die schwarzen Sheriffs hielten sich etwas dezenter im Hintergrund, die wenigen Reisenden wirkten entspannter als an einem Werktag und Junkies waren immer noch keine zu sehen.

Wenn ich nach Cuxhaven wollte, sagte man mir im Reisezentrum, müsste ich über Hamburg fahren. Genau das wollte ich aber nicht. Hamburg sollte mich erst wiedersehen, wenn ich gut erholt und mit festen Plänen aus freien Stücken zurückreisen würde. Also ließ ich mir eine Verbindung über Hannover und Bremen heraussuchen, die zwar anderthalb Stunden länger dauerte und somit auch teurer ausfiel, aber das nahm ich gerne in Kauf. Nach zwanzig Minuten des Wartens fuhr der Zug am Bahnsteig ein, und ich kehrte Berlin den Rücken.

Fourth verse same as the first

1

Mit der Bahn zu reisen, hatte für mich seit je her etwas beruhigendes an sich. Vielleicht lag es daran, dass mein Großvater, ein passionierter und pensionierter Lokführer, mit seinem Enkel, anstatt durch Einkaufszentren zu bummeln, lieber mit dem Zug durchs östliche Ruhrgebiet fuhr. Und da viele ehemalige Kollegen meines Opas noch im Dienst waren, durfte ich häufig nach vorne ins Führerhaus. Für einen kleinen Jungen war das ein Traum. Einmal Lokomotivführer spielen. Ich konnte das ständig sein.

Ich genoss also die Fahrt von Berlin nach Hannover. Im Bord-Bistro hatte ich es mir gemütlich gemacht, trank einen Milchkaffee und blätterte in einer Sonntagszeitung. Außer mir saß nur noch eine Frau im Abteil und starrte gelangweilt aus dem Fenster. So ließ sich ein Sonntag angehen. Kein langweiliges Nachmittagsprogramm im Fernsehen über sich ergehen lassen. Keinen Versuch unternehmen zu müssen, den Tag sinnvoll zu nutzen. Kein unmotiviertes Warten auf die Lindenstraße. Ich durchquerte einfach unsere Republik von Ost nach West. Berlin zu verlassen, schien mir immer noch das Richtige gewesen zu sein. Es war mir dort nicht gelungen, meine Gedanken, Absichten und Pläne zu sondieren und in eine zielgerichtete Form zu bringen. Leicht ist es wirklich nicht, sein Leben neu zu sortieren, wenn man dabei sein altes, angestammtes Umfeld nicht verlässt. Aber ganz aufgeben wollte ich meine Freundschaften und Beziehungen auch nicht. Schließlich waren mir viele davon über Jahre ans Herz gewachsen. Doch je länger ich über meinen geplanten Lebenswandel nachdachte, desto wenig kam mir in den Sinn, was mich mit meinen Freunden verband. Wir trafen uns, hörten Musik, diskutierten angeregt darüber, tranken dabei viel Alkohol und konsumierten die unterschiedlichsten Drogen. Was aber, wenn ich damit aufhören oder zumindest viel kürzer treten würde? Gab es darüber hinaus noch einen verbindenden Konsens außer der gemeinsamen Geschichte? Ich wollte jedoch nicht mehr nach hinten schauen und auf dem Gewesenen verharren. Die letzten Jahre konnte und wollte ich nicht ungeschehen machen, sie waren Teil meiner Biographie geworden. Sie sollten nun aber nicht mehr weiter mein Leben prägen. Mir wurde klar, dass es für mich galt, hier anzusetzen. Bislang hatte ich mir nur vorgenommen, etwas in meinem Leben ändern zu wollen. Ja, um meine berufliche Karriere wollte ich mich kümmern. In dieser Hinsicht eine Perspektive schaffen. Ein wichtiger Punkt, der mir sicher neue Horizonte eröffnen würde. Doch das war nur ein äußerer Aspekt. Die wirkliche Veränderung und Neuordnung musste in mir stattfinden. Es würde nicht leicht werden, neue Lebensinhalte zu finden, Glück und Zufriedenheit neu zu definieren. Wenn ich mit meinem bisherigen Leben brechen wollte, war es notwendig, etwas zu finden, was anstelle dessen treten würde. Aber das fällt einem leider nicht in den Schoß. Es will gesucht und vor allem auch gefunden werden. In der Abgeschiedenheit der frühlingshaften Nordseeküste wollte ich mich nun auf die Suche danach machen. Ich musste lernen, in mich zu gehen, meine geheimen Wünsche und Sehnsüchte zu entdecken und diese für mich zu formulieren, anstatt sie wie bisher in Betäubungsmitteln zu konservieren. Die nächtlichen Exzesse sollten der Vergangenheit angehören. Es waren keine besonderen Ereignisse mehr in meinem Leben, wo ich Spannung verspürte und gar innere Befriedigung fand. Inzwischen gehörte das Berauschen einfach dazu und war Bestandteil meines Alltages geworden und würde eine nicht unerhebliche Lücke hinterlassen, wenn ich es einfach ersatzlos streiche. Ich musste

138

mich also daran erinnern, wie es war, bevor der Rausch zur Routine wurde. Eine Zeit, so schien es mir, die lange, lange zurücklag und die ich mir nur noch schwer vor Augen führen konnte. Mit dem Einsetzen der Pubertät gesellte sich die Freude am Berauschen dazu. Davor gab es nur meine Kindheit. Und ein Suchtverhalten war auch dort schon erkennbar. Als ich mit vier Jahren in den Kindergarten kam, stellten meine Eltern entsetzt fest, dass ich nachts immer noch zum Schnuller griff und ohne diesen gar nicht einschlafen konnte. Es bedurfte eine Menge Überredungskünste und Bestechungen meines Vaters, diese liebgewonnene Angewohnheit aufzugeben. Ich glaube, eine Lego-Raumstation hatte es letztendlich geschafft. Doch an die Stelle des Schnullers trat nun eine andere Sucht. Ich fing an, meine Fingernägel abzukauen. Ständig nagte ich daran herum wie ein Biber am Geäst. Oftmals so lange, bis das Nagelbett anfing zu bluten. Irgendwann, als das Interesse am anderen Geschlecht in mir wach wurde, fiel mir auf, wie furchtbar unappetitlich meine Finger inzwischen aussahen, und sich von denen bestimmt kein Mädchen würde anfassen lassen wollen. Folgerichtig musste ich mich auch von dieser Marotte trennen, was mir rückblickend nicht wirklich schwerfiel. Es gab nur auch da schon das Problem, dass ich unbedingt für einen Ersatz sorgen musste. Und diesen spielte mir ein damaliger Mitschüler geradezu in die Arme, als er mir vor einem nachmittäglichen Kinobesuch eine Zigarette anbot. Von nun an kaute ich nicht mehr nervös an meinen Nägeln, sondern zog hektisch an einer Zigarette, die ich zwischen meinen Fingern hielt. Von dieser Sucht konnte ich bis heute nicht loskommen. Stattdessen sind nur noch ein paar Weitere dazugekommen. Vielleicht würde es für mich am einfachsten und besten zu realisieren sein, von Alkohol, Hasch und vor allem Kokain loszukommen, indem ich mir eine neue Suchtform suchen würde. Eine, die für Körper und Geist wesentlich gesünder wäre. So etwas musste es ja geben. Es liegt in der Natur des Menschen, suchtgefährdet zu sein, und dieser Gefahr auch nachzugeben. Aber weiß Gott nicht alle Menschen berauschen sich Tag für Tag, oft bis zum Gedächtnisschwund.

Plötzlich stand die Frau vom Nebentisch vor mir und riss mich aus meinen Gedanken. Sie war Anfang dreißig, groß gewachsen, was sie durch hochhackige Stiefel noch unterstrich, hatte kurzes, dunkelbraunes Haar und ein freundliches Gesicht.

"Stört es Dich", fragte sie mich, "wenn ich mich ein wenig zu Dir setze? Ich dachte mir, ein wenig Unterhaltung könnte diesem frühen Sonntagmittag nicht schaden."

Es störte mich überhaupt nicht. Auf Anhieb war mir die Frau sympathisch. Und allein mit mir würde ich in Cuxhaven noch genug sein. Ich bot ihr an, sich zu setzen.

"Gerne", sagte sie, "aber zuvor hole ich uns noch schnell was zu trinken." Sie ging zum Bistrotresen, wo sie den Kellner aus seinem Halbschlaf weckte. Wenige Augenblicke später kehrte sie mit zwei Gläsern Sekt zurück an meinen Tisch.

Bei Greenpeace würde sie arbeiten, erzählte mir die Frau. In Berlin war sie die letzten vier Wochen in der Verwaltung eingesetzt und befand sich nun auf dem Heimweg nach Hannover. Dort wollte sie eine Woche ausspannen, um dann an einer Aktion im Hamburger Freihafen teilzunehmen. Sie hieß Jessika und stammte ursprünglich aus Basel. Ihren schweizerischen Akzent konnte und wollte sie wahrscheinlich auch gar nicht verstecken. Bereitwillig erzählte Jessika mir, warum es sie von Basel in die niedersächsische Hauptstadt verschlagen hatte:

"Nach meiner Ausbildung an der Schauspielschule in Zürich bekam ich zwei kleinere Engagements an der Baseler Volksbühne, drehte dort ebenfalls ein paar

Werbespots, die recht erfolgreich anliefen, sah aber plötzlich kein Land mehr. Mein Gesicht wollte ich auf Dauer nicht mehr nur für irgendwelche Produkte in die Kamera halten, die Volksbühne musste aufgrund drastischer Sparmaßnahmen fast das halbe Ensemble entlassen und andere Aufträge, in der Schweiz als Schauspielerin zu arbeiten, kamen nicht."

Ich überlegte, welche eidgenössischen Darsteller mir einfielen. Leider musste ich passen. Vielleicht sei die Schweiz in der Tat kein gutes Land, um eine internationale Karriere als Schauspieler zu starten. Jessika fuhr fort:

"Dann habe ich im Urlaub am Gardasee einen Typen aus Hannover kennengelernt, der sich sehr für Greenpeace engagierte. Wenig später zogen wir zusammen, und ich übernahm nach und nach immer mehr Aufträge für Greenpeace, mal in Berlin, mal in Hamburg und ab und an auch bei einigen Aktionen direkt vor Ort, Nordsee, Atlantikküste und einmal sogar in der Antarktis. Übrigens arbeitet der Typ inzwischen bei der Deutschen Bank. So kann es gehen."

Ich musste schmunzeln. Jessikas offene, direkte Art sagte mir auf Anhieb zu und veranlasste mich, nun auch bereitwillig über meine Person zu erzählen.

"Auch ich habe der Liebe wegen meine Heimatgemeinde verlassen. Eigentlich stamme ich aus einem kleinen Dorf in Westfalen, lebe aber nun schon seit geraumer Zeit in Hamburg. Dort habe ich zuletzt bei einer Plattenfirma als Radio-Promoter gearbeitet. Da ich mich aber ein wenig umorientieren will, fange ich demnächst ein Praktikum bei einer Werbeagentur an. Bis dahin mache ich noch ein wenig Urlaub. Gerade habe ich alte Freunde in Berlin besucht, jetzt bin ich auf dem Weg zur Nordsee, um dort ein bisschen auszuspannen."

Meine Geschichte klang auf diese Weise erzählt gar nicht so schlecht. Jessika nickte interessiert. Sie schlug die Beine übereinander. Dabei konnte ich ein wenig nackten Oberschenkel zwischen Stiefelschacht und Rock erkennen. Sie schien makellose Beine zu haben. Mein Blick entging ihr nicht, und sie lächelte mich an. Ich wurde verlegen, ließ es mir aber nicht anmerken, sondern versuchte souverän zurück zu lächeln.

Ich holte noch einmal zwei Sekt und merkte bereits die Wirkung des ersten Glases. Mir fiel auf, dass ich noch gar kein Frühstück zu mir genommen hatte, und den Restalkohol der vergangenen Nacht würde ich wohl auch noch im Blut haben. Und nun saß ich mit einer hübschen Schauspielerin im Intercity von Berlin nach Hannover beim Sektfrühstück. Es ging aufwärts in meinem Leben. Wieso machte ich mir bloß immer so viele Sorgen um meine Existenz. Meistens entwickelte es sich doch zum Guten hin. Auch jetzt sah es nicht so aus, als würde mir das Leben übel mitspielen. Jessika und ich ließen uns weiterhin den Sekt schmecken, plauderten über Hamburg und Hannover, über Ostwestfalen und das Baseler Land. Es war eine entspannte Unterhaltung, die ich sehr genoss.

Als wir auch die zweite Runde Sekt geleert hatten, legte mir Jessika ihre Hand auf den Unterarm und sagte:

"Ich muss mal kurz in mein Abteil. Kommst du eben mit?" Eh ich antworten konnte, hatte sie meine Hand genommen, und ich folgte ihr durch das Bord-Bistro zum Ausgang.

Wir gingen durch zwei nur spärlich besetzte Großraumwagen und blieben danach vor dem ersten Abteil stehen. Sie öffnete die Tür, schob einen braunen Vorhang beiseite und guckte hinein. Die sechs Plätze waren leer, das Abteil unbesetzt. Lediglich ein großer Reiserucksack lag oben im Gepäcknetz. Jessika zog mich hinein und schob die Tür zu. Dann küsste sie mich.

Nach einem leidenschaftlichen, ausdauernden Kuss, griff sie an meinen Hosenschaft und begann, mir die Knöpfe meiner Jeans zu öffnen.

"Aber was ist, wenn der Schaffner hier hereinkommt", wollte ich noch von ihr wissen.

"Dann wird er peinlich berührt die Tür wieder zumachen und später wiederkommen. Außerdem hat er meine Fahrkarte schon kurz hinter Berlin kontrolliert."

Wir trieben es im Stehen. Jessika stand mit dem Rücken zu mir und schaute, während ich von hinten in sie eindrang, aus dem Fenster des fahrenden Zuges hinaus in die vorbei rasende Landschaft Brandenburgs. Ich schloss die Augen und genoss das Gefühl, mit einer Frau vereint zu sein. Der Akt war intensiv und heftig und nach wenigen Minuten vorbei. Wir sanken erschöpft nebeneinander auf die Sitze. Immer noch hatte ich die Augen geschlossen. Plötzlich sah ich Susi vor mir, verdrängte das Bild aber gleich wieder. Nicht jetzt, bloß nicht jetzt. Ich wollte den Augenblick mit Jessika auskosten. Diese zündete zwei Zigaretten an und steckte mir eine davon in den Mund. Wenig später gingen wir zurück ins Bordbistro und bestellten uns zwei Espresso.

Als der Zug eine Dreiviertelstunde später in den Hauptbahnhof von Hannover einfuhr, hatten Jessika und ich inzwischen unsere Telefonnummern ausgetauscht und verabredet, dass wir uns kommende Woche in Hamburg treffen wollten, wenn sie dort für Greenpeace arbeiten würde. Wir waren beide der Meinung, unsere Nummer im Zugabteil bedürfte einer dringenden Wiederholung, egal an welchem Ort. In der Bahnhofshalle verabschiedeten wir uns mit einem letzten Kuss. Jessika ging zum Taxistand vorm Haupteingang, ich suchte Gleis fünf auf. In zehn Minuten würde der Regional-Express Richtung Bremen einfahren.

2

Das Zimmer war urgemütlich. Direkt unterm Dachgiebel gelegen, mit vielen Schrägen, Ecken und Winkel. Die Einrichtung fiel eher spärlich, dafür aber ausreichend komfortabel und ansehnlich aus. Wenig ist manchmal mehr; dieser Spruch traf hier zu. Auf unnötige Dekorationen wurde glücklicherweise verzichtet, so dass man nicht das Gefühl zu haben brauchte, dem Geschmack der Pensionsmutter hilflos ausgesetzt zu sein. Und kleine Porzellanpuppen oder bestickte Deko-Kissen, wie ich sie von manchen zurückliegenden Pensionsbesuchen her noch in Erinnerung hatte, sind nun einmal nicht jedermanns Geschmack. Auch war ich froh, dass mir Nachdrucke feister Ölgemälde mit Segelschiffen und Hafenanlagen erspart blieben. Stattdessen hing über dem Bett lediglich ein schlichtes Holzkreuz und neben dem Schrank auf der anderen Seite des Zimmers ein kleiner Spiegel. Darüber hinaus gab es unter dem großen Fenster einen Schreibtisch, sowie zwei gemütliche Cocktail-Sessel mit dazugehörigem Beistelltisch. Ich saß in einem der Sessel, hatte mir eine Zigarette angezündet und begann mich an die ruhige, friedvolle Atmosphäre zu gewöhnen.

Es war nicht schwer gewesen, ein passendes Zimmer in Cuxhaven zu finden. Die Osterzeit war vorbei, und die Sommersaison hatte noch nicht begonnen. Als ich in der Kurverwaltung nach einer Unterkunft für die nächsten Tage fragte, bekam ich gleich Duzende von Vorschlägen präsentiert. Ich suchte mir drei Pensionen in unmittelbarer Strandnähe und zu günstigen Konditionen aus und machte mich auf den Weg, mir diese einmal anzuschauen. Direkt beim Haus Seeblick wurde ich fündig. Die Besitzerin stand im Vorgarten und jätete Unkraut im Rosenbett, als sie mich die Einfahrt hochkommen sah. Ihre herzliche, bald schon mütterliche Art gefiel mir auf Anhieb. Sie zeigte mir das in Frage kommende Zimmer, den Frühstücksraum und die kleine Kellersauna, und ich buchte bis zum kommenden Wochenende. Hier würde ich zur Ruhe kommen und die Geschehnisse der letzten zwei Wochen verarbeiten können. Hier gab es keine Drogen, keine Dealer, keine zwielichtigen Bars und keine Saufkumpanen, mit denen ich Tag für Tag abstürzen würde. Hier glaubte ich, endlich einen klaren Kopf zu kriegen.

Die Pension lag im Cuxhavener Stadtteil Duhnen, einem Kurbad direkt am Nordseestrand. Im Hochsommer ist hier die Hölle los und kein freies Zimmer zu finden. Jetzt in der Vorsaison war es dagegen wesentlich beschaulicher. Zahlreiche Restaurants und Cafes hatten noch gar nicht geöffnet, die Hotels arbeiteten nur mit halber Belegschaft. Als ich auf dem Weg durch den Ort über die Promenade ging, traf ich lediglich ein paar Rentner und Kururlauber. Jüngere Menschen schien es hier nicht zu geben.

Hunger machte sich bei mir breit. In meiner Pension hatte ich mein Zimmer lediglich mit Frühstück gebucht, und das erste Brötchen gab es erst am kommenden Morgen. So hatte ich es bestellt. Ein Mittagstisch und Abendbrot wurde von der Pension nur in der Hauptsaison angeboten. Für die drei Gäste, die derzeit beherbergt wurden - außer mir seien noch zwei Herren aus Jena und Bielefeld im Haus - würde sich eine weitere Verpflegung neben der morgendlichen nicht rechnen. Das störte mich nicht im geringsten, schließlich hatte ich so die Möglichkeit, mich mit dem örtlichen gastronomischen Angebot Cuxhavens vertraut zu machen. Vor allem im Fischereihafen vermutete ich gediegene Kleinode der Nordseeküche. Für heute wollte ich aber mit einem Restaurant in der unmittelbaren Nähe meines Quartiers vorliebnehmen.

Es war kurz nach acht, als ich die Gaststätte Zur Postkutsche wieder verließ. Zwar hatte meine Jägerpfanne nur mäßig geschmeckt, ich war aber angenehm gesättigt und vor allem innerlich sehr ruhig. Endlich mal. Die rustikale Wirtschaft zauberte eine heimelige Atmosphäre. Nicht dass mir Eichenmöbel und Schwarzwaldbilder sonderlich gut gefielen, aber ich konnte in den zwei Stunden, die ich hier verbrachte, wunderbar abschalten und entspannen. Diesen Zustand wollte ich nun für einige Zeit beibehalten. Zu lange und zu oft war ich in den vergangenen Wochen haltlos durchs Leben geschlittert, ohne zu wissen wie und wohin es mit mir weitergehen sollte.

Bevor ich in die Pension zurückkehren würde, wollte ich noch einen kleinen Abendspaziergang machen. Es müsste doch zu schaffen sein, abends müde zu werden und gut einschlafen zu können, ohne Alkohol oder Hasch im Blut. Ich schlenderte über den Dorfplatz zum Strand hin, der völlig ausgestorben und menschenleer im Lichte der untergehenden Sonne lag. Durch die Dämmerung schien der Sand zu glühen. So ein intensives rot wie am Horizont hatte ich lange nicht mehr gesehen. Selbst mein neues rotes Hemd, was mich seit meiner Abreise aus Hamburg bis zum heutigen Morgen begleitet hatte, leuchtete nicht annähernd in so kräftigen Farben. Trotzdem wollte ich es morgen waschen lassen, um es wieder tragen zu können. Das Hemd war mir inzwischen regelrecht ans Herz gewachsen. Michaels schwarzes T-Shirt, welches ich im Moment noch trug, machte an diesem Ort einen zutiefst tristen Eindruck.

Als die Sonne vollends untergegangen war und lediglich ein paar vereinzelte Laternen von der Promenade her den Strand vor der totalen Finsternis bewahrten, kehrte ich um. Kein Mond war am Himmel zu sehen. Anscheinend Neumond, dachte ich. Dafür funkelten unzählige Sterne am Himmel in einer Intensität wie ich sie aus der Großstadt nicht mehr gewohnt war. Wie schön wäre es, hier und jetzt mit Susi Hand in Hand her zu spazieren. Wir würden uns anlächeln, tief in die Augen schauen und lange, lange küssen.

Ich verwarf den Gedanken schnell wieder und versuchte an Jessika zu denken, mit der ich es erst noch am Mittag im Zugabteil getrieben hatte. Die Erinnerung daran war noch sehr frisch und intensiv. Ich wollte Jessika kommende Woche gerne in Hamburg wiedersehen. Der spontane Sex mit ihr hatte mir gut getan. Aber verliebt hatte ich mich in Jessika nicht. Vielleicht würde das ja noch werden. Wir hatten uns ja bislang kaum kennengelernt. Wieder zurück in Hamburg wollte ich mir die nötige Zeit dafür nehmen.

Zurück auf meinem Zimmer wählte ich Jessikas Nummer. Ich wollte nichts Bestimmtes von ihr, hatte aber immer noch den Duft ihrer Haare in der Nase und sehnte mich insgeheim nach ein paar lieben Worten. Ich ließ es sechs Mal klingeln, dann legte ich ein wenig enttäuscht auf.

Um mich abzulenken, rief ich bei mir zu Hause an. Ich wollte Udo mitteilen, dass ich inzwischen Berlin den Rücken gekehrt und in Cuxhaven meine Zelte aufgeschlagen hatte. Udo sagte, er würde mich sehr darum beneiden. Auch er wolle bald verreisen. Auf Dauer wäre Hamburg in der Tat ein zermürbendes Pflaster. Ansonsten sei aber alles beim Alten geblieben. Auch wären keine Junkies mehr vor unserer Tür aufgetaucht und hätten nach mir gefragt. Das beruhigte mich. Ich sagte Udo noch, dass ich wahrscheinlich am kommenden Wochenende zurück sein würde und legte auf.

Ich zog mich aus, riss das Fenster auf und ging unter die Dusche. Herrlich, es roch nach Meer und Frühling. Welch Wohltat für die Seele. Anschließend legte ich mich aufs Bett und nahm mir den Houellebecq-Roman zur Hand, den ich seit meiner Zugfahrt nach Berlin nicht mehr in den Fingern hatte, und begann zu lesen. Nach wenigen Seiten schlief ich tief und fest ein.

3

Die ersten Tage in Cuxhaven vergingen wie im Flug. Morgens, nach dem Aufstehen, setzte ich mich an einen gedeckten Frühstückstisch, speiste ausgiebig und gesund, las intensiv in der Tageszeitung und plauderte locker mit der Pensionsmutter Frau Wagner, die wie ich aus Westfalen stammte, und wir somit in unserer gemeinsamen Heimatregion ein wunderbares Gesprächsthema gefunden hatten. Sie war eine gebildete Frau, die der Liebe wegen nach Cuxhaven gezogen war, dort heiratete und nun mit ihrem Mann das Haus Seeblick führte. Ihre akademische Karriere hatte sie hierfür aufgeben müssen, sagte aber, dieses Opfer gerne in Kauf genommen zu haben. Sie wirkte wie ein glücklicher Mensch.

Am ersten Vormittag in Cuxhaven wanderte ich von Dunen aus den Strand entlang, bis ich an Cuxhavens Wahrzeichen, der Kugelbarke, vorbeikam. Ich setzte mich unter das Holzgerüst und schaute hinaus aufs Meer. Viel war von diesem nicht zu sehen, da Ebbe das Wasser hatte zurückgehen lassen. Die Gezeiten fand ich schon damals bei einer Klassenfahrt von meiner Grundschule aus nach Norderney faszinierend. Wie konnte der gute, alte Mond das bloß bewerkstelligen? Sämtliche späteren Erklärungen, die ich im Laufe meiner Schuljahre präsentiert bekam, befriedigten mich nicht wirklich.

Spontan zog ich meine Schuhe und Socken aus, legte diese auf eine Mauer und lief hinaus ins Watt. Der kalte Schlick fühlte sich fremd an. Meine Füße versanken darin bei jedem Schritt bis zum Knöchel. Ich ging in die Hocke und beobachtete den nassen Sand genau. Viele Muscheln lagen darin, kleine Krebse krabbelten flink umher, ein paar Quallen hatten es nicht mehr rechtzeitig mit dem zurückweichenden

Wasser aufs offene Meer geschafft und vertrockneten nun elendig in der Maisonne, unzählige Wattwürmer schoben ihre Sandwürste vor sich aus dem Boden und hofften dabei, nicht von einem umherlaufenden Wasservogel gefressen zu werden. Auf einer Sandbank, wenige Meter vor mir, saßen Möwen und genossen die warmen Temperaturen. Während der Flut hatten sie sich mit Fischen vollgefressen und genossen nun den Zustand des Sattseins. Die Wattwelt funktionierte genau wie die der Menschen, dachte ich. Fressen und gefressen werden. Die einen werden dick und rund, die anderen bleiben auf der Strecke. Warum aber fällt es den Menschen so schwer, das zu akzeptieren? Die Natur funktioniert seit Ewigkeiten nach diesem Muster, und der Mensch ist nun einmal Teil der Natur. Gut, er will sie sich gerne zu Untertan machen und sie beherrschen, aber bislang hatte das im Laufe der Menschheitsgeschichte noch nicht hingehauen. Bislang wusste sich die Natur stets zu wehren. Erdbeben, Überschwemmungen, Buschbrände, Trockenheit, Seuchen, jede Region der Erde wird von einer Marotte der Natur gepiesackt. Doch der Mensch glaubt nach wie vor fest daran, alles und jeden im Griff haben zu können. Ein fataler Irrtum.

Ich ging zurück an den Strand, rieb mir notdürftig den Matsch von den Füßen, zog mir meine Schuhe wieder an und machte mich weiter auf den Weg in Richtung Fischereihafen.

Als ich an der Alten Liebe vorbeikam, einer Aussichtsplattform direkt an der Mündung von Weser und Elbe, nahm ich dort Platz und zündete mir eine Zigarette an. Über Lautsprecher wurden hier vom Leuchtturm aus alle vorbeifahrenden Schiffe angekündigt und detailverliebt beschrieben.

"Von Seeseite her kommend sehen wir die Kap Horn mit Ziel Hamburg. Das Schiff hat ein Fassungsvermögen von 30.000 Bruttoregistertonnen. Heimathafen ist Kapstadt."

Mir wurde schwer ums Herz. War es Fernweh, was mich aus Hamburg weggetrieben hatte? Sicher nur zum Teil. Doch nun verspürte ich so etwas wie Heimweh. Ich dachte an den Hafen, Teufelsbrück, Außenalster und Jenischpark. Hamburg bestand nicht nur aus Kneipen, Clubs und heruntergekommenen Wohnungen. Nur war mir das Wissen darüber anscheinend in der letzten Zeit abhanden gekommen. Vielleicht würde ich bald in einer schicken Agentur sitzen, um dort ein Praktikum zu machen, und meinen Blick aus dem Bürofenster über den Freihafen schweifen lassen. Zum Feierabend würde ich mich mit Jessika auf einen Cocktail in einer angesagten Location treffen und später mit ihr nach Hause und ins Bett gehen. Meine Zukunftspläne nahmen immer konkretere Formen an.

Am Abend, nach einem ausgiebigen, hervorragenden Mal in einem teuren Fischrestaurant direkt an der Mole, rief ich auf dem Heimweg bei Udo an. Ich wollte wissen, wie es meinem Goldfisch erginge. Zu viele tote Fische hatte ich im Laufe des Tages im Hafen gesehen oder gegessen. Jetzt sorgte ich mich um meinen.

Udo bestätigte mir, dass es dem Fisch gut ginge, er jeden Tag sein Futter und ab und an auch eine kleine Extra-Streicheleinheit bekommt. Ansonsten gäbe es nichts Neues in Hamburg. Keiner, der nach mir gefragt hätte. Das konnte mir recht sein. In meinem neuen Leben würde ich auch ein neues Umfeld haben, in dem ich mich bewegte. Andere Leute, andere Lokale. Die ganzen, alten Kiezbekanntschaften konnten mir gestohlen bleiben. Kaum dass man mal ein paar Abende nicht in den einschlägigen Kneipen auftaucht, wird man auch schon vergessen und ein anderer nimmt deinen Platz am Tresen ein. Ok, das war jetzt meine dortige Phase gewesen. Es war nicht langweilig, ich habe einiges erlebt und viel Neues kennengelernt, aber nun konnte mir das alles nichts mehr geben. Ich brauchte einen neuen Lebensinhalt. Und der würde automatisch kommen, wenn ich erst mal meine Existenz in geordnete Bahnen geleitet hätte. Und ein Gutes hatte es auch, dass niemand nach mir fragte. Die Geschichte mit Tribi und Jensen, Iggy Pop und dem Koks schien langsam aber sicher im Sande zu verlaufen. Bevor ich auflegte, fragte ich Udo, ob es im dem Fall der beiden Toten Dealer irgendetwas Neues geben würde.

"Ich glaube nicht", antwortete mein Mitbewohner. "Zumindest habe ich nichts mehr davon gehört. Und in den Zeitungen war auch kein Artikel mehr darüber zu lesen. Wahrscheinlich sind inzwischen schon ein Duzend weiterer toter Dealer und Junkies dazugekommen, so dass sich überhaupt keiner mehr an Tribi und Jensen erinnert. So schnell geht das heutzutage doch immer."

Recht hatte Udo. Und ich war beruhigt. Die Sache war möglicherweise ausgestanden und ohne weitere Konsequenzen für mich geblieben.

Die folgenden drei Tage in Cuxhaven verbrachte ich alle sehr ähnlich. Stundenlange Strand- und Wattwanderungen, ausgiebige Mahlzeiten in den Fischrestaurants am Hafen und abends lag ich erschöpft und ausgeglichen im Bett und las solange, bis mir die Augen zufielen. Das Verlangen nach Drogen und Rausch war dabei nicht ein einziges Mal in mir hochgekommen. Zwar dachte ich öfter daran, wie es war, ständig, bald täglich bedröhnt zu sein, fand aber immer mehr Missfallen an der Vorstellung. Hier draußen an der frischen Luft gab es alles, was man zum Glücklichsein braucht. Es bestand gar nicht die Notwendigkeit einer Flucht aus der Realität. Dazu war diese viel zu schön. Am letzten Tag vor meiner Abreise besuchte ich das Duhner Freizeitbad. Hier tollte ich wie in kleiner Junge im Wasser umher, rutschte auf Autoreifen durch lange Tunnelröhren und merkte endlich wieder, was es heißt, zu leben. Intensiv zu leben. Ich suchte mehrmals die Sauna auf und sah darin eine rituelle Reinigung. Morgen ginge es zurück nach Hamburg. Ein neues Leben beginnen. Da musste der alte Dreck aus dem Körper geschwitzt werden. Ich trank im Restaurant der Anlage frischgepresste Fruchtsäfte, bestellte mir einen Salat, schwamm viel mehr Bahnen am Stück, als ich es mir selber zugetraut hätte, und fühlte mich topfit und gerüstet für die neuen Aufgaben, die da auf mich zukämen und denen ich mich stellen wollte.

Der Samstag war gekommen. Nach einem letzten ausgiebigen Frühstück verabschiedete ich mich von Frau Wagner mit dem ernstgemeinten Versprechen, bald wiederzukommen, und machte mich auf den Weg zum Bahnhof. Der Bus brauchte eine Viertelstunde für die Strecke, mir erschien die Zeit aber im Nu zu verfliegen. Eigentlich wollte ich noch gar nicht wieder fort aus Cuxhaven. Zu gut hatte es mir hier gefallen. Doch die Zeit war nun reif. Ich war wieder zu Kräften gekommen und auch seelisch einigermaßen gefestigt, so dass ich den Neubeginn in Hamburg ins Auge fassen konnte. Am Bahnhof kaufte ich mir eine Fahrkarte und die Hamburger Morgenpost, um mich schon mal auf die Hansestadt einzustellen, und setzte mich auf den Bahnhofsvorplatz. Bereits nach zwanzig Minuten rief die Lautsprecheransage einen Regional-Express nach Hamburg aus. Ich ging zum Bahnsteig, bestieg einen Waggon und nahm in einem Abteil Platz. Kurz darauf wurden die Türen geschlossen und der Zug fuhr an. Ein letzter Blick aus dem Fenster, dann lag Cuxhaven hinter mir.

4

Hamburg lag in herrlichstem Sonnenschein, als mein Zug über die Elbbrücken einfuhr. Ich sah am Horizont den Michel, vor mir die alten Deichtorhallen und wusste, hier könnte ich auch ein Leben führen fernab jeglichen Kiez- und Drogensumpfes. Ich trug wie bei der Abreise mein rotes Hemd, welches Frau Wagner extra noch für mich gewaschen hatte. So stieg ich am Hauptbahnhof aus und suchte mir ein Taxi.

Als ich hierfür den Hachmannplatz überquerte, musste ich die Drogenszene passieren. Ich schaute mir die Junkies genau an. Leere Augen, dreckige Hände und Kleider, zittrige Glieder, sonore Stimmen, Blut, Krusten und Eiterbeulen. Ein Gefühl irgendwo zwischen Ekel und Mitleid machte sich in mir breit. Die hatten es nicht geschafft. Für die war der Zug bereits abgefahren. Zumindest für die Meisten von ihnen. Das war sicher traurig und ein gewisses Mitgefühl konnte ich nicht unterdrücken. Aber hatten es diese Junkies hier denn wirklich versucht? Wollten die aus ihrem Elend raus? Oder hatten sie es sich nicht vielleicht einfach nur bequem gemacht zwischen Straßenstrich und Bahnhofsklo? Ohne Verantwortung für irgendwen oder irgendwas. Ich jedenfalls wollte von nun an Verantwortung übernehmen, zumindest erst einmal für mein eigenes Leben. Alles Weitere ergebe sich dann von selbst, war ich überzeugt. Nein, eine solch jämmerliche Existenz, wie sie hier hinterm Bahnhof zu Dutzenden versammelt waren, wollte ich nicht werden. Schnell ins Taxi und diesen unwirtlichen Platz verlassen.

Ich gab dem Fahrer die Order, mich nicht auf direktem Wege nach Hause zu fahren, sondern einen Abstecher an der Alster vorbei zu machen.

Das blaue Wasser glitzerte in der Sonne und zahlreiche Segelboote zogen ihre Kreise. Ich wollte die schönen Seiten der Stadt in mich aufsaugen. Auch so kann also ein Samstag in Hamburg aussehen. Die letzten, die ich hier verlebt hatte, fielen für mich gänzlich anders aus. Ich erinnerte den Tag, an dem Susi bei mir schlief und wir auf dem Tisch das Kokain stehen hatten. Das war nun fort. Fort aus meinem Leben. Genau wie Susi. Und genau wie all die anderen verkaterten Samstage zuvor, an denen ich es erst am Nachmittag schaffte, meinen Körper aus dem Bett zu hieven. In Zukunft wollte ich Samstagmorgens frisch aus den Federn springen, über den Wochenmarkt bummeln, Museen und Galerien besuchen, mal wieder zum Fußball gehen und Zeit und Muße an den schönen Plätzen der Stadt finden. Das klang gut.

Als ich zu Hause angekommen das Treppenhaus betrat, stand Frau Heißmann wieder an ihren Blumenkübeln und pflanzte neu, um oder ein. Sie lächelte, als sie mich sah.

"Ich habe sie schon vermisst. Waren sie verreist?"

"Ein paar Tage an der See ausspannen. Ich sage ihnen, das tut ja so gut. Cuxhaven ist einfach herrlich. Vielleicht sollten sie dort auch mal hinfahren. Die Seeluft bewirkt ja wahre Wunder. Ich war wirklich ausgelaugt und verspannt. Jetzt fühle ich mich wie das blühende Leben."

"Ach ja, einen gesunden Eindruck hatten sie zuletzt wirklich nicht gemacht. Übrigens steht ihnen das rote Hemd sehr gut. Nicht immer nur schwarz oder grau."

"Das finde ich auch. Ein bisschen Farbe kann mir sicher nicht schaden. Jetzt muss ich aber schnell nach meinem Goldfisch sehen. Ich hoffe, mein Mitbewohner hat ihn gut gepflegt."

"Sie haben einen Goldfisch? Hatte ich auch mal, aber der war eines Morgens tot, schwamm einfach steif auf dem Wasser. Seitdem wollte ich keinen Neuen mehr."

Inzwischen war der Fahrstuhl im Erdgeschoss angekommen und ich stieg ein, nicht ohne Frau Heißmann obligatorisch noch einen schönen Tag zu wünschen.

Udo war nicht da. An der Küchentür klebte ein Zettel, auf den er geschrieben hatte, dass er übers Wochenende zu seinen Eltern in die Lüneburger Heide gefahren sei. Gut, dann könnte ich mich ungestört wieder einleben.

Meinem Goldfisch schien es gutzugehen. Ich bildete mir ein, ein Lächeln auf seinem Gesicht erkannt zu haben, als ich an sein Glas herantrat. Ratten waren auch keine mehr da, und überhaupt machte die Wohnung einen wesentlich besseren Eindruck auf mich, als noch zu dem Zeitpunkt, als ich sie das letzte Mal sah. Lag es am Sonnenschein, der durch die Fenster fiel? Oder hatte Udo gar geputzt und saubergemacht? Vielleicht ließ aber auch mein positiveres Wohlbefinden diese Behausung ansehnlicher erscheinen.

Die Kontrolllampe an meinem Anrufbeantworter blinkte kurz hintereinander zweimal auf. Es warteten zwei neue Nachrichten auf mich. Gespannt drückte ich die Abspieltaste. Zuerst vernahm ich Jessikas Stimme:

"Leider wird das mit meinem Job bei Greenpeace im Freihafen doch nichts. Deswegen werde ich kommende Woche auch nicht nach Hamburg kommen. Ich hoffe, wir sehen uns trotzdem bald mal wieder. Du hast ja meine Nummer. Und wenn ich doch demnächst nach Hamburg kommen sollte, melde ich mich bei dir."

Ich musste schlucken. Insgeheim hatte ich mich schon mächtig darauf gefreut, Jessika wiederzusehen. Die Nummer im Zug ging mir einfach nicht aus dem Kopf. Das hätte ich gerne in ähnlicher Form wiederholt. Meine gute Stimmung ließ ich mir davon jetzt aber nicht verderben. Aufgeschoben sei ja nicht aufgehoben, sprach ich mir tröstend zu. Ich hörte den zweiten Anruf ab.

"Hallo, hier ist Susi." Ich stutzte. Was konnte Susi denn noch von mir wollen? Sie sollte doch bei ihrem Freund bleiben, bis sie alt und faltig geworden ist und er sie vor die Tür setzt. Oder gab es noch Unannehmlichkeiten wegen der toten Dealer und des Kokains?

"Ich wollte nur noch einmal sagen, dass es mir wirklich leidtut, wie es mit uns gelaufen ist. So einfach war das für mich auch alles nicht. Das ist auch der Grund, warum ich mich erst jetzt wieder melde. Ich brauchte erst etwas Abstand. Auch wenn aus uns beiden kein Paar geworden ist, würde ich dich gerne wiedersehen. Ich habe am Sonntag Geburtstag und wollte da gerne reinfeiern. Ich bin so ab zehn Uhr im Point One und werde ein paar Freigetränke spendieren. Wenn du kommst, würde ich mich riesig freuen."

Das wäre ja heute Abend. Noch hatte ich mir ja nichts vorgenommen. Aber sollte ich diese Einladung annehmen? Sollte mich mein erster Weg in Hamburg wieder ins Point One führen? Und vor allem, wollte ich Susi überhaupt wiedersehen? Chancen rechnete ich mir nach wie vor keine mehr aus. Das ging aus ihrem Anruf ganz klar hervor. Anscheinend wollte sie in mir gerne einen guten Kumpel finden. Doch war ich mir nicht sicher, ob ich das könnte oder überhaupt wollte. Ich legte mich auf mein Bett, stellte fest, dass dieses viel zu weich war, und dachte über den bevorstehenden Abend nach.

Der vertraute Klingelton meines Telefons riss mich aus dem Schlaf. Was war das bloß für ein Traum? Da war zum einen Susi, die mir gegenüber saß, zum anderen aber auch mein Goldfisch. Nur war dieser unverhältnismäßig groß. Außerdem schwamm er nicht in seinem Aquarium, sondern stand davor und lachte. Stattdessen saßen Susi und ich darin und schauten uns stumm an. Mein Goldfisch begann plötzlich damit, aus einem Wasserschlauch eine braune Brühe ins bis dahin leere Aquarium fließen zu lassen. Langsam aber sicher stieg diese immer höher, und Susi und ich mussten inzwischen auf den Zehenspitzen stehen, um überhaupt noch atmen zu können. Ehe uns aber das Wasser in Mund und Nase lief, und wir zu ersticken drohten, wurde ich durch das Telefon geweckt.

Ich musste erst einmal realisieren, dass ich nun wieder wach war und in meinem Bett lag. Ich war noch reichlich durcheinander, als ich den Hörer nach dem achten oder neunten Läuten abnahm und verschlafen in die Muschel brummelte.

"Hey", schallte mir eine bekannte Stimme entgegen. Es war Susi. "Du bist ja doch zu Hause. Matze sagte, du seist in Berlin." Woher kannte Susi denn Matze, fragte ich mich. "Hast du meinen Anruf abgehört, wegen der Geburtstagsparty heut Abend?"

Ich räusperte mich und antwortete:

"Ich bin gerade erst zurückgekommen. Ich war zuerst ein paar Tage in Berlin und die letzte Woche an der Nordsee. Ich musste nach all dem Theater dringend raus."

Susi zögerte. Dann fragte sie:

"Ist mit dir denn alles in Ordnung?"

"Ja klar, mir geht es wieder besser. Die Tage am Meer waren die reinste Erholung. Wegen heut Abend weiß ich aber noch nicht genau, ob ich komme."

"Ach komm, stell dich nicht so an. Wenigstens auf einen Drink, mir zuliebe. Ich habe schließlich morgen Geburtstag."

"Eigentlich wollte ich zukünftig mal ein wenig kürzer treten", erwiderte ich kleinlaut.

"Das kannst du doch auch. Aber deswegen musst du mir doch trotzdem gratulieren kommen."

Susi schien es prächtig zu gehen. Die Geschichte mit mir hatte sie anscheinend bestens weggesteckt. Sie hatte ja auch ihren Freund.

"Na gut, ich schau mal vorbei. Lange bleiben werde ich aber wohl nicht."

Wir verabschiedeten uns und bekräftigten noch einmal, wie sehr wir uns freuen würden, den anderen am Abend wiederzusehen.

- 5 -

Der Abend kam, und meine innere Anspannung
wuchs. Nachdem ich geduscht und mich rasiert hatte,
zog ich mir eine saubere Hose und mein rotes Hemd
an. Nein, in meinem alten, geflickten Ramones-Shirt
sollte mich auf dem Kiez keiner mehr sehen. Ich wollte meinen neuen Lebenswandel auch dort nach außen
hin zur Schau tragen. Es sollte jeder sehen, dass ich
mich geändert hatte, zumindest jeder, der es sehen
wollte.

Ich gab meinem Goldfisch noch etwas Futter für
den Abend und machte mich auf den Weg zur U-
Bahn. Es war noch keine drei Wochen her, dass ich zuletzt im Point One saß, doch es kam mir schier wie
eine Ewigkeit vor. So viel war inzwischen passiert.
Nichts war mehr wie zuvor.

Als ich an der Haltestelle St. Pauli angekommen
war, fühlte ich mich fast wie benommen. Ich hatte das
Gefühl, eine unglaubliche Last drückte auf meine
Schultern. Ich konnte kaum noch schlucken, so dick
war der Klos in meinem Hals inzwischen angeschwol-
len. Doch all diese Symptome bestätigten mich jetzt
darin, noch einmal ins Point One gehen zu müssen.
Ich würde mich meiner Vergangenheit stellen. Dem
bisherigen Leben noch einmal ins Auge schauen und
es dann zu den Akten legen. Wie mein altes Ramones-
Shirt.

Kaum hatte ich die wenigen Stufen hinunter zum
Point One genommen, fühlte ich mich unbehaglich
zumute. Ich hatte gedacht, wenn ich erst mal angekommen sei, würde sich ein vertrautes Gefühl einstel-
len. Doch dem war nicht so. Die Ungewissheit vor
möglichen Veränderungen der Szenerie behielt die
überhand. Ich hielt die Türklinke in der Hand, zögerte
aber einzutreten. Wie oft war ich ohne weiter darüber

nachzudenken durch diese Tür gegangen, auf den Tresen zu marschiert, hatte dort Platz genommen und mir einen Drink bestellt. Das war schon fast mechanisch verlaufen. Doch jetzt wartete ich ab. Noch könnte ich einfach umkehren und die Vergangenheit damit endgültig abschließen. Doch just in diesem Moment öffnete sich die Tür und zwei ältere Rocker kamen heraus. Beide guckten mich fragend an. Um nicht wie ein begossener Pudel im Eingang stehen zu bleiben, ging ich an ihnen vorbei in die Bar. Auch ein Art Entscheidungen zu treffen, dachte ich mir, ging zum Tresen, nahm dort Platz und bestellte einen Drink.

Gerade wollte ich meinen Blick durch den Raum auf der Suche nach Susi oder möglichen anderen Bekannten schweifen lassen, da wurde mir von hinten auf die Schulter geklopft, und Susi stand direkt vor mir.

"Da bist du ja. In einer halben Stunde habe ich Geburtstag. Komm wir trinken einen. Oder bist du sauer auf mich? Du klangst am Telefon so kühl."

Ob ich sauer war? Nein, sauer war ich bestimmt nicht, wohl auch nie gewesen. Doch was empfand ich jetzt in diesem Augenblick für sie? Oder löste sie überhaupt noch eine Regung in mir aus?

"Nein, ich bin nicht sauer auf dich. Warum auch? Ich hatte vorhin nur geschlafen, als du angerufen hattest."

Sie nickte unkonzentriert. Dann legte sie mir einen Arm freundschaftlich um den Hals und gab mir einen Kuss auf die Wange. Ehe ich aber dieses Begrüßungsritual erwidern konnte, drehte sie ihnen Kopf von mir ab und schaute über ihre Schulter nach hinten. Dann wandte sie sich wieder mir zu.

"Ach, kennt ihr euch eigentlich schon", fragte sie mich. "Das ist mein Freund Tim."

Nun fiel mein Blick auf den Typen, der gerade an sie herangetreten war und sie umarmte. Ich erschrak.

Wie konnte das sein? Es war Iggy Pop. Auch er wusste mich direkt einzuordnen, ließ es sich aber kaum anmerken. Er reichte mir emotions- und wortlos die Hand. Apathisch erwiderte ich den Handschlag. Immer noch trug er die gleichen, schwarzen Lederklamotten. Neben ihm stand Matze und grinste mich an.

Übelkeit schoss in mir hoch. War ich die ganze Zeit einer Finte auf den Leim gegangen? Hatte Susi die ganze Zeit über gewusst, wer der Mörder von Tribi und Jensen war, und mit diesem sogar liiert zu sein schien? Hat sie sich mit mir nur getroffen, um auszuhorchen, was ich von der Tat wusste und wie gut man sich auf mich verlassen konnte, dass ich auch nicht zur Polizei ging? War der ganze Verkauf des Kokains an Matze und Iggy Pop nur eine Finte gewesen? Hat man mich sozusagen mit den fünfzigtausend Mark nur mundtot machen wollen. Hat auch mein Freund Matze von Anfang an Bescheid gewusst? War ich so naiv, von all dem nicht das Geringste geahnt und mitbekommne zu haben? Wie konnte das passieren? War das Gefühl, in Susi verliebt zu sein, stärker als der Sinn für die Realität? Oder war ich so sehr mit mir und meinem angeknacksten Ego und meinen hochtrabenden Plänen für die Zukunft beschäftigt, dass ich alles um mich herum nur schemenhaft wahrgenommen hatte?

Ich weiß nicht, wie lange wir so voreinander standen und uns anstarrten. Es erschien mir wie eine Ewigkeit. Auch meinen Gegenübern erging es wohl eben so. Nur hatten diese sichtlich Vergnügen daran, mich leiden zu sehen. Sie merkten natürlich sofort, dass ich erst jetzt in diesem Moment im Begriff war, die ganze Geschichte zu verstehen. Als die Situation kaum noch auszuhalten war, beugte sich Susi noch einmal zu mir herüber.

"Wir haben noch ein bisschen was dabei", sagte sie. "Wollen wir uns nicht eine kleine Erfrischung zu unserem Wiedersehen gönnen?"

Ich schaute an ihr vorbei aus dem Fenster der Bar. Über den Dächern von St. Pauli war gerade der Mond aufgegangen und immer mehr Sterne fingen am Himmel an zu funkeln.

Ende

Mein Dank gilt den fleißigen Korrekturlesern Andrea Lettau und Uli Gebhardt, sowie Thorsten Spitz und Tim Groothuis für die schönen Fotos, Sven Dannenberg für die Gestaltung und Sylvie Gebhardt für die Geduld mit mir.